ラメルノエリキサ

渡辺　優

集英社文庫

ラメルノエリキサ

0

復讐《ふくしゅう》など無益だと、人は言う。

人と言っても別に私が直接具体的な誰かにそんなことを言われた訳じゃなくて、たとえば本や映画の中では、そんな風に書いてあった。

誰かとてもとても大切な人を殺された復讐をもくろむ人には、そんなことをしても亡くなった人は喜ばないとか。誰かとてもとても大切な人に裏切られた復讐をもくろむ人には、君が幸せになることが一番の復讐になるのさとか。

私は小さいころからそういった反復讐論的なお話にはなかなかピンとこなくって、そんな的外れな説得でおよよと泣き崩れてしまうような復讐者にはもやっとした反感を抱いていた。

私にとって、復讐とはどこまでも自分だけのために行うものだ。自分がすっきりするためのもの。すっきりするっていうのは、人が生きていく上でとても大切で重要な事だと私は思う。たまった澱《おり》を洗い流し、擦《なす》り付けられた泥を落とし、歪《ゆが》められた軸をまっすぐに伸ばす。すっきりしないままでいたら、人はどんどん重く汚くぐにゃぐにゃになって、私はそうはなりたくない。

私は自分が好きだから、大切な自分のためにいつでもすっきりしていたい。復讐とは誰かのためじゃない。大切な自分のすっきりのためのもの。

私はずっと幼いころから復讐というものに対しぼんやりとそんなイメージを持っていて、だから、私が六歳のときに七歳の女の子の腕を折ったのも、別にミーナのためじゃなかった。


ミーナは四歳のオスだった。オスなのにミーナ。そこは猫だからしょうがない。

私と、二つ年上のお姉ちゃんと、完璧なママと普通のパパに可愛《かわい》がられて、ミーナは甘えん坊で人なつこい完璧な愛玩動物に育った。庭の隅っこでピーピー鳴いてたとこを拾ったときは、灰色の猫だと思ったんだけどねえ、今はこんなに真っ白ねえ、と、完璧なママが完璧な猫を膝に乗せて撫《な》でる光景は、それはもう完璧だった。

そんな完璧なママのピアノ教室に通ってきていたのが、あのクソガキだ。

ミーナの足を折るのは簡単だったに違いない。ミーナはおまえは犬かよと思うくらいに誰にでもすり寄っていってはなでなでを要求する猫だったから。目撃したお姉ちゃんの話によると、そのクソガキはピアノの椅子に座ってミーナを膝に乗せ、ミーナの右前足を鍵盤の上に置いた状態で、わざとピアノの蓋を閉めたらしい。大声で泣きわめくお姉ちゃんの声を聞いた完璧なママがピアノ部屋に駆けつけると、ミーナの真っ白な身体《からだ》は足からの出血で所々赤く染まっていた。骨折で、全治一ヶ月。かわいそうなミーナは怪我《けが》が治ってからも、家族以外の人間には近づかない恐がりな猫になってしまった。

そのクソガキがどうしてミーナにそんなことをしたのかはわからない。七歳の女の子が大人しい猫の足を折るなんて、よく考えれば異常かも。子供特有の残酷さがたまたまミーナに向いたのか、それとも何か、心の闇的なものを抱えていたのか。

完璧なママは可愛いミーナの足を折られたにもかかわらず、完璧な慈悲深さでそのクソガキを許し、その心を案じた。警察に突き出せ、なんなら殺せ、という私の意見はすっかり無視して、クソガキを穏やかに諭し、クソガキのクソ親にはミーナの治療費の請求をする代わりに医師へのカウンセリングなんか勧めたりして、挙げ句の果てに、「もしあなたがイヤじゃなかったら、これからもピアノを習いにきてもいいのよ」なんて、クソガキに対して徹底した寛容さで対応した。

完璧なママ。私はママが大好きだった。ママは誰よりも美しく、そして誰よりも優しい。確かに、七歳の女の子の罪はそうやって許されるべきなのかもしれない。断罪よりもケアを優先させるのが、正しい大人の対応なのかも。

もちろん完璧なママは、ミーナの怪我に悲しむ私とお姉ちゃんのケアだって怠らなかった。私たちを優しく慰め、世の中の不幸と不条理を説き、それでも人を許すことの尊さを教えた。

ママの言うことは正しいと思った。子供心に、ママはなんて立派な大人なのかしら、と感心もした。けれど私は、当時六歳の女の子。年上のクソガキがどんなメンタル的トラブルを抱えていようが、同情も哀れみも感じなかった。

ママは完璧で正しいけれど、それってちょっと、私の感覚とは違うみたい。

ミーナは我が家の猫。つまり、私の猫でもある。私の猫が害された。これは私が害されたのと同じ事だ。今、私は害された状態にある。ミーナが傷を治すのと同じように、私もそれを治さなければいけない。だいたいそんな考えで、私の復讐スイッチが入った。

ママに許されたクソガキがのうのうとピアノ教室に再び通いだしたのは、私にとってチャンスだった。私はそのクソガキを殺そうと考えた。

それに真っ先に気がついたのが、お姉ちゃんだ。おっとりとした性格のお姉ちゃんは、それでいて人の機微には敏感なところがあった。お姉ちゃんは私の復讐計画を大人たちには黙っていてくれた。告げ口も私の復讐対象になると知っていたからだ。私は身内であろうと容赦しなかった。歳《とし》も近くとても仲良しだったお姉ちゃんは、その立場上私に復讐される事も多かった。私は、プリンを横取りされた復讐にケーキに虫を混入し、人形の髪を切られた復讐に人形の四肢を切断し、足を蹴られた復讐に顔面にパンチをお見舞いし、お姉ちゃんの乳歯を折ったこともあった。

その頃には、お姉ちゃんは私の復讐傾向を理解して、私を怒らせることは慎重に避けていた。だから、お姉ちゃんは私を無理に止めたりせず、代わりにひとつアドバイスをくれた。

「りなちゃん、あのね、ハンムラビ法典って知ってる?」

知らない、なあにそれ、と首を傾《かし》げる私に、お姉ちゃんは続けた。

「あのね、すごく昔の法律に、そういうのがあるの。その中にね、目には目を、歯には歯をっていう、有名な文章があるんだけどね。それはね、やられたらやりかえせってい う、野蛮な意味に誤解されがちなんだけど、本当はそんな意味じゃなくってね、やられたらやりかえすにしても、限度をわきまえましょうっていう意味なの。目をやられた仕返しに頭ごともっていったりね、歯を折られた仕返しに首の骨を折ったりしちゃダメだよってこと。私、りなちゃんは、ちょっとやりすぎなところがあると思うな」

お姉ちゃんは完璧なママに似た穏やかな口調で、諭すように言った。

「あのね、しおりちゃんはミーナの足を折ったけど、ミーナを殺したわけじゃないでしょう。だからね、その仕返しにしおりちゃんを殺すのは、やりすぎじゃあないかな。お姉ちゃんは、腕を折るくらいにしておいたほうがいいと思うの」

賢いお姉ちゃん。当時八歳のくせに、ハンムラビ法典なんてどこで知ったのかしら。

私はお姉ちゃんを年長者として敬う気持ちもそれなりに持っていた。だからこのときも、お姉ちゃんの話を聞いて、素直に、なるほど、そういう考え方もあるのね、と思った。けれど、納得いかないところがひとつ。

「やりすぎちゃダメっていうのはわかったよ。でも、しおちゃんはなにも悪くないミーナの足を折ったんだよ。それに、私、ミーナが足を折られて悲しいの。みんな悲しいでしょ。私たちだってなんにも悪くないのに、悲しい気持ちにさせられたんだよ。ミーナが悪くない分と、みんなが悲しい分と全部あわせたら、しおちゃんの腕一本じゃ足りないわ」

「うーん、じゃあ、両腕を折るくらいにしたら？　とにかく、殺しちゃダメだよ」

「うん！」

話のわかるお姉ちゃん。大好き。

まあ実際は、私の立てていた復讐計画とは、クソガキしおちゃんをピアノ部屋のある二階の階段からつき落とすというシンプルなもので、腕の一本二本なんて精密な損害を計算できるものではなかった。結果としてしおちゃんは左腕を骨折し、額を切ってなかなかの流血を見せたので、私の溜飲《りゅういん》は下がり、私は不当に与えられた歪みから解放された。すっきり。

そうやってすっきりしたことははっきり覚えているのだけれど、その後どうなったのかは記憶が曖昧《あいまい》だ。私は特に何のおしかりも受けなかったと思う。事件は事故として処理された。よくある子供の転落事故。私は後ろからしおちゃんを押したから、しおちゃん自身もそれが私の犯行だったとは気がつかなかったのかもしれない。

しかし実を言うと、私はそのしおちゃんの背中を押した瞬間の記憶すら、曖昧なのだ。今思い返すことのできる、小さな背中を小さな手が押すそのビジョンは、私がなんとなくこうだったんじゃないかしらと描く想像によってほとんどが補われたもので、実際のところ、私はどんなふうに彼女をつき落としたのか、忘れてしまった。六歳の頃の記憶なんて、そんなものだろう。私ももう十六歳。十年も前の話なのだから。私が覚えているのは、復讐をやり遂げたときの、快感、達成感、安心感。私にとって、復讐とは結果が全てなのだ。物心つく前からの小さな復讐、そしてこの人生初の比較的大きな復讐を皮切りに、私は今日まで大小さまざまな復讐を行ってきた。そのひとつひとつの復讐を、全てはっきり覚えているわけではない。大切なのは、結果。私が、大切な自分が害された出来事を全てきっちり清算してきたという結果。

お姉ちゃんは私に、復讐の申し子というあだ名を付けた。私はそれを気に入っている。私は不当に歪められることなく、とてもすっきり生きている。

そんな私は先日、夜道で背中を刺された。

1

六月の事だったた。時刻は二十時前後といったところ。私は月に一度開かれる、学校の委員会の集まりを終えて、ひとり家に帰る途中だった。

暗がりの住宅地の中を、街灯と緑道沿いの家から漏れる明かりを頼りに歩く。バス停から家まで、ほんの五分の道のりだった。

私は音楽を聴いていた。数世代前のウォークマン。その中には、様々なジャンルの曲たちが、16GBの容量ぎりぎりまでいっぱいに詰め込まれている。

私は音楽ならなんでも聴いた。本当に何でも。ポップスやロックなら国内外問わず、ヒットチャート常連からインディーズまで幅広くチェックしたし、アイドルなら何十万というファンをもつ巨大グループから、ネットでしか音源を拾えないような駆け出しの地下アイドルまで手広く追いかけた。メタル、ラップ、V系なんかは、地元のCDショップでおすすめコーナーに並んだものや、バンギャの友人が勧めるものから雑に手を出して、クラシックなら時代も楽派も作曲家も演奏者も楽器も問わず、CDの安さにかこつけて大量に揃《そろ》えた。

どのジャンルについても、詳しい専門知識があるわけじゃない。私は音楽ならなんでも好きで、特別素晴らしい耳をもっているわけでもなかったので、よし悪しもわからずこだわりもなくただひたすら気に入ったものを聴くことができた。私はそれらの曲が無秩序に詰め込まれたウォークマンを、全曲シャッフルモードにして聴くのが好きだった。私がパソコンにコレクションしているおよそ七万曲の中から、ウォークマンの薄い基盤に詰め込めるぎりぎりまで厳選した四千曲。全曲シャッフルは、そこからランダムに選んだ一曲を次々再生してくれるモードで、その日私はバスの中で、ボブ・マーリーの「ノーウーマンノークライ」の後にとなりのトトロのサントラから「風のとおり道」を聴き、ドビュッシーの「月の光」の後にAKB48劇場公演曲の「ハート型ウイルス」を聴いた。

バスを降りたとき、ちょうど次の曲のイントロが始まった。低いバイオリンの音。音量が物足りなくて、少しだけボリュームを上げた。バイオリンが重なる。ヴィヴァルディの「四季」から「冬」だとわかった。どこかの室内楽団の公開録音。

クラシックをイヤホンで聴くのは難しい。音の強弱の幅が広すぎるからだ。メゾピアノの音量に合わせてボリュームを上げていくと、急なメゾフォルテで耳をやられる。難聴を恐れる私は快適に聞けるぎりぎりのラインを狙ってボリュームボタンに神経を集中させながら、歩き出した。

夜道ではイヤホンを付けながら歩いちゃダメよ。

完璧なママは私にそう言った。イヤホンを付けていたり携帯をいじったりしながら歩いていると、痴漢やひったくりなんかの被害に遭いやすいと統計が出ているらしい。周囲への注意が散漫になるから、と。ママは私を心配してくれている。

わかったわ、ママ。

私は優しいママにそう答えた。けれど私は、夜道の楽しい音楽ライフを止《や》める気なんてさらさらなかった。

痴漢やひったくりを恐れて音楽を聴くのを我慢するということは、痴漢やひったくりに音楽を聴く楽しい時間を奪われるということだ。それは痴漢やひったくりに遭わずして、痴漢やひったくりに害されているのと同じ事。

私は自分の考えは正しいと自信を持っていたけれど、そんな持論をママにぶつけてみようという気はなかった。私は正しい。けれど、ママだっていつも正しい。そしてより現実に即しているのは、いつだってママの正しさの方なのだ。

りなちゃんは理想が高すぎる、と、お姉ちゃんに言われたことがある。自分でもそれはわかっている。だから私は、ママの言葉に素直に頷《うなず》く。私は完璧なママが大好きで、そんなママに馬鹿な娘だと思われるのは嫌だった。そして裏では、優しいママの優しい気持ちを平気で裏切る。私は自分の理想的な正しさを一歩も譲る気はなかったし、それに私は、ママを裏切るのが好きだった。たぶんこれは、一過性の反抗期。物心ついたときからだから、ちょっと長すぎる気もするけれど。

バイオリンは最初の主題に差し掛かり、更にボリュームを上げていく。私は「四季」の中で、この「冬」が一番好きだった。作曲者の意図なんて知らない。ただ激しくてかっこいいから。音はどんどん劇的になり、主題を繰り返す。そしてフェードアウト。静かな旋律が残る。

そして訪れた静寂の向こう。ソニーのウォークマン専用イヤホンのノイズキャンセリング機能の向こうに、私はすぐ背後まで迫った足音を聞いた。

2

背中の、右側。強い衝撃を受けた。右肩に掛けた鞄《かばん》が滑り落ちる。勢いで、両耳のイヤホンが外れた。

誰かがぶつかってきた。そう認識した瞬間、頭にカッと血が上った。

許せない。

我ながら短気すぎ。

振り返り、ぶつかってきた人影を睨《にら》み付けながら、私は取り落としそうになった鞄を掴《つか》もうとぐっと手に力を込める。そのとき、右腰で痛みが跳ねた。

怒りで満たされていた頭の中に、驚きと混乱が混じる。

どうして、急に、そんなところが痛むのか。

それは今までに感じたことのない種類の痛みだった。鮮やかというか、煌《きら》びやかというか。そして、鋭くて速い。色にたとえるならビビッドピンク。とにかく、スパークルな感じ。

痛みの元を確かめようと首をひねったとき、人影がぐっと私にフードに隠れた顔を寄せ、そして、呟《つぶや》いた。

「　　　　　　　　　　　　　　　　　　　　」

唐突な言葉の意味が飲み込めず、私は一瞬フリーズする。

人影はそんな私の反応を見もせずに、言葉の終わりと共にすぐさま背を向け走り出した。逃げる気だ、とわかった。

とっさに追いかけようと踏み出した足を、右腰の痛みが引き留める。痛い。痛すぎ。驚きで遠のきかけていた怒りが戻ってくる。

人影のその背中がどんどん遠ざかり、闇にまぎれて小さくなる。でも、痛い。追えない。逃げられる。

「お前絶対ぶっ殺すからな！」

お腹の底からそう叫んだ。もう背中も見えないその人にも、きっと届いたはず。今追いかけるのは無理でも、どうしてもそれだけは伝えておきたかった。

叫んだせいで、更に腰の痛みが跳ねた。私はもう立っていられず、その場にぺたんとお尻をついた。太ももに直《じか》に触れる滑らかなアスファルトが冷たい。対照的に、腰は燃えるような熱をもち始めていた。熱の中心に痛みがある。その痛みは今や、色でたとえるなら、きっとカーマインレッド。

私は恐る恐る、痛みの元に手を伸ばす。ワイシャツの上からそっと触れると、じっとりと濡《ぬ》れた感触が伝わった。

ああ、やっぱり。なんとなくそんな気がしていた。

濡れた手を目の前に翳《かざ》すと、その指先はカーマインレッドに染まっていた。出血。そう認めると、漂い始めた血の匂いにも気が付いた。なかなか、馬鹿にできない量みたい。

私は地面に落ちた鞄を引きずり寄せて、携帯を探した。持ち手に絡まっていたウォークマンのボタンが押されて、画面がぼんやり光る。まだ、「冬」の演奏は続いているようだった。無視して、外側のポケットの中から携帯を取り出す。たったそれだけの動作で、息が上がって仕方ない。痛みのせいで、うまく呼吸ができないのだ。心臓もどくどくいっている。これは出血のせいかしら。そしてなにより、パニックと。

震える手でアドレス帳を開き、私は、ママの番号を選んだ。そして、発信、を押すぎりぎりで、指を止める。

ママに怒られるかもしれない。

とっさに浮かんだ考えに、私は、心底呆《あき》れてがっかりした。私のまだまだ子供な部分に。まったくもう、止めて欲しい。ママに怒られる？　そんな発想が出てくること自体情けない。ガキじゃねえんだから。

そう思いながらも私はママの番号の浮かんだ画面を消して、緊急通報のボタンを押した。大人な私は救急車くらい自分で呼べると思い出したのだ。

ワンコールでつながった電話口から女の人の声がする。

火事ですか？　救急ですか？

私の記憶はここまでだ。

3

目を開くと、狭い天井が見えた。それから、薄いベージュのカーテン。私を取り囲むようにぐるりと視界を圧迫しているそれは、外からの光を受けて、うっすらと発光しているように見えた。頭がぼんやりと痛んだ。

「りなちゃん？」

目だけを動かすと、完璧なママが完璧な顔に少しだけ緊張をにじませて、私をのぞき込んでいた。

「起きたの？　大丈夫？」

うん、と答えたつもりだったけれど、喉から出たのは潰れたうめき声だけだった。完璧なママに聞かせられるような音じゃない。私はちいさく頷いた。

「本当に？　ああ、よかった。あのね、りなちゃんは今病院にいるのよ。もう大丈夫だから、安心してね」

ママは優しく微笑《ほほえ》んで、私の額にそっと手を置いた。温かくも冷たくもない手。私も微笑みを返す。顔の筋肉がいつもより固く感じられた。

「お水飲む？　ああ、いいのよ、まだ眠ってて」

私の瞼《まぶた》が落ちかけるのを見て、ママが言う。

私は目を閉じて、外の世界をシャットアウトした。額の上の手が邪魔だった。手をどけろ、クソババア。念力が通じたのか、やがてママは手をひっこめた。よし、このまま寝たふりだ。

　私は冷静だった。

　病院で目覚めたなんて状況から考えれば不思議なくらい、私はとても落ち着いていた。麻酔のおかげかもしれない。不自然に感覚の遠い身体が、強力な痛みどめの存在を物語っている。目覚めてすぐに、ママを見つけたからかもしれない。大好きなママを見つけたから。

なんにせよ、記憶は確かだ。自分が病院にいる理由も、ちゃんとわかっている。

刺された。麻酔をされたという事は、きっと手術でもしたんだろう。何針縫ったのかな。後遺症、とか……。

不安が頭をもたげると、それを上回る勢いで、怒りの感情が湧きだしてきた。

体に傷を付けられた。痛みと、恐怖を、味わわされた。そしてこの、不愉快な不安。

それに、ああ、クソ。最悪だ。ママを煩わせるなんて。

ママは数年前から、大学の研究室で秘書として働いている。今日はいったい何曜日だろう。ママは仕事を休んでここにいるのかしら。それとも素敵な休日を奪われているのかしら。可哀想《かわいそう》なママ。さっき、笑顔がほんの一ミクロンだけぎこちなかった。ママの心も乱されたのだ。

これはもちろん、復讐が必要とされる案件だ。今までで一番大きなヤマかもしれないわ、と、私は静かに震える。

お姉ちゃん、私は、ついに殺人に手を染めることになるのかも。どう思う？　お姉ちゃん。

「りなちゃん？」

ママが囁《ささや》いた。怒りと興奮のせいで、寝たふりがバレたようだった。私は目を開く。すぐそこに、ママの美しい顔。中学の頃、ママの女神のような美しさがコンプレックスで、私はパパを日常的にいじめていた。私はパパ似だったのだ。

「大丈夫よ、なにも心配しなくていいから。ママはずっとここにいるから」

その言葉に、私の荒ぶっていた心は馬鹿みたいに静まって、私は再び添えられたママの手を額にしっかり感じながら、麻酔のもたらすまどろみの中にとろけていった。

意識が途切れる直前、最後にある言葉が頭に浮かんだ。

この言葉は、何だったかしら。

誰に言われたのだったかしら。

「ラメルノエリキサのためなんです、すみません」

いろいろな夢を見た。眠りは浅く、何度か目を開くと、そこにはお姉ちゃんがいたり、パパがいたり、隣県に住むおばあちゃんも、はるばる見舞いに来ていたりした。先月別れたばかりの彼氏までもが来ていたような気がしたけれど、それはさすがに夢だった。親族以外の面会は、まだ許可が下りないらしい。

腰の傷は九針縫ったそうだ。傷について、ママはあまり詳しく話したがらなかった。傷、なんて話題をママが好まないのは当然だ。完璧なママにとって、「傷」なんてきっと未知の世界の空想上の不幸に近いのだ。なので私は大学帰りに寄ってくれたお姉ちゃんをつかまえて、無理矢理詳細を聞きだした。傷は、長さ十センチ、深さ二センチ。私はてっきり刺されたものだと思ったけれど、正確には、切りつけられた、が正しい。幸運なことに、大切な神経も血管も無傷で、私は安心してじくじくと痛むその感覚に怒りを募らせることができた。

何度か目が覚めて、何度か食事をして、昼と夜となく何度も眠ってを繰り返した後で、私の病室に刑事が現れた。だらけた生活になれきっていた私は、いそいで外面を整える。

怪我人の私に遠慮してか、病室に入ってきた刑事はひとりだけだった。ダークモカの髪を肩のところで切りそろえた女の人で、歳はたぶん、三十前後といったところ。なかなかの美人で、自分がすっぴんなのが嫌になる。刑事はベッドのすぐ横のパイプ椅子に腰掛けて、そのせいで今日も見舞いに来ていたママは私の足下に立つことになる。

「初めまして。万全じゃないのに押し掛けてしまってごめんなさい。私は今回の事件を担当してます、久世美咲《くぜみさき》です」

久世と名乗った刑事は、こなれた作り笑顔を向けながら私に右手を差し出した。綺麗《きれい》に整えられた爪が見える。こっちが万全じゃないときには、あまり相手にしたくないタイプ。私は握手に応《こた》えながら微笑んで見せた。

「よろしくお願いします。小峰《こみね》りなです」

決してよい気分とはいえなかったけれど、思春期の不機嫌なガキだと思われるのも癪《しやく》だった。それに相手は刑事さん。素直で従順なフリをしておいた方が得だろう。そういうガキを好みそうな女だし。

「いくつか聞きたいことがあるの。具合が悪くなったらいつでも言ってね。まずは……」

私は復讐がしたい。

病院は私の怪我を治してくれる。

警察は犯人を追ってくれる。

けれど、私の復讐ができるのは、私だけだ。

私をすっきりさせられるのは、私だけ。

刑事は私に色々な質問をした。大体は型通りの、予想していた通りの質問。私はそれに、大体は、正直に答えた。

犯人は知らない人でした。ええ、たぶん。身長は私より高くて、グレイっぽい服を着ていました。顔は……見ていません。フードを被《かぶ》っていて、それに、暗かったですし、なにより、びっくりして……。声？　声は……。

聞いていません。犯人は何も言いませんでした。

だって、私は復讐がしたいんだもん。

4

入院が六日間。自宅療養が三日間。

もう少しゆっくり休んでもいいんじゃない、というママの言葉を無視して、私は腰に九針分の糸を残したまま、学校に復帰することにした。無駄に生活に後れをとりたくなかったからだ。

登校再開の前夜、私は鞄の中身をチェックしながら、自室で音楽を聴いていた。曲が、モーツァルトの「夜の女王のアリア」に切り替わったタイミングで、扉がノックされる。

「りなちゃん、ちょっといい？」

ママの声がした。私は音楽を止める。ママはピアノしか聞かないのだ。

「どうぞ」

静かに入ってきたママは、お風呂上がりで、髪がまだほんのり濡れていた。顔はもちろんすっぴんで、それでも、控えめな笑顔を作るその顔は、やっぱりとても美しい。

ママは女子大の音楽科を出てすぐにパパと結婚し、その二年後お姉ちゃんを産んだ。だからもう、もちろん四十代なわけだけど、女神にとっては年齢なんて大した意味をもたないらしい。ママの毛穴もくすみも見えない肌には、完璧に計算して引いたとしか思えない位置に、色気のある皺《しわ》が数本あるだけだ。

ママは細く長い白い指で、自然にウェーブした肩までの髪を耳にかける。

ママはパパと結婚後も、それなりに有名な先生に師事し、プロのピアニストを目指していたという。妊娠を機に、それをすっぱり諦めたそうだ。私はその話を、小学校の低学年あたりで、ママから聞かされた。

「才能がなかったから」

ママはそう微笑んだ。

もっともっと小さいころ、ママはよく、私とお姉ちゃんに絵本を読んでくれた。その中にでてくるお姫様。美しく、心優しく、清らかなお姫様を、私はママだと思っていた。比喩じゃなく、真剣にそんな勘違いをしていたのだ。つまり、この物語たちはママのライフヒストリーを元に作られたドキュメンタリーで、ママは私たちに、自分の昔話をしてくれているのだと思っていた。継母《まはは》にいじめられたり魔女に殺されかけたり、ママの人生って波瀾万丈《はらんばんじょう》。「そうじゃないのよ」とお姉ちゃんに教えてもらったとき、私は復讐ではなく八つ当たりでお姉ちゃんの右頬を打った。ショックだったのだ。ママは私の中で、絶対的なヒロインだった。打ち返されて喧嘩《けんか》になった、当然。

「りなちゃん、体調はどう？」

ママは私の勉強机に腰かけ、慎重に私を見つめながら、そう尋ねた。

「最高」

傷口から血が噴き出していたとしても、私はそう答えたと思う。

「そう、よかった。でも、りなちゃん、あのね」

ママは私の答えを受け流して言った。

「カウンセリングを受けてみる気はない？」

「う、え？」

「あのね、りなちゃん、今回の出来事で、すごく怖い目にあったわけでしょう。もちろんりなちゃんは強い子だから、平気、大丈夫って言うとはわかってたけど、でもね、こういうのって、自分でも気づかないうちに、心の傷になっていたりすると思うの」

自分でも気づかない、訳がない。私はばっちり傷ついた。きっと私はこれからフラッシュバックを体験したり、夜中に飛び起きちゃったりするだろう。でも、

「そんな、いいよママ。カウンセリングなんて大げさ。別に私、そんなに傷ついたりしてないと思うな。それに、話を聞いてくれる人なら、いっぱいいるし」

私はカウンセラーの前に座る自分を想像し、首を振った。私には向いてない。カウンセリングというのは、それを受ける側にもそれなりの素養が求められるものだと思う。素直さだとか、真摯《しんし》な気持ち。今の私にはどちらも欠ける。

それに、私を癒すのは、もっと別の方法なのだ。

「そう……。わかった。ママも無理強いはしないわ」

ママは心底残念そうに目を伏せて言った。頰にまつ毛の影が落ちる。

「でも、少しでもそんな気持ちになることがあったら、いつでも言ってね。時間がたってからの方が、つらくなることもあると思うから」

ママは立ち上がり、ベッドに座る私の髪を撫でる。

「うん。ありがとう、ママ」

ママは最後まで私に慈しみの視線を浴びせまくって、部屋を出ていった。

ドアが閉まるのと同時に、私はすぐに止めていた音楽をかけた。

「復讐の炎は地獄のようにわが心に燃え」

夜の女王がママだったらよかったのに。

5

パパの運転する車から校門前に降り立ったとき、私は胸に嫌な緊張が広がるのを感じた。

十日ぶりの学校だった。十日。女子高生にとってそのブランクは、ホームがアウェイに変わっていたとしてもなんら不思議はない長さ。気のせいか、前に見たときより校門横の桜の木の葉も色が濃い。十日もあれば、色々なことが変わっているはず。そして、私は先日元彼に行った復讐行動のせいで、クラスの男子ほぼ全員に嫌われている。もし、もしも、私のいない間にそれが女子にまで伝播《でんぱ》して、居場所がなくなっていたらどうしようかしら、なんて、乙女な心配をしてしまう。もしそうなったら、不当に孤独を感じさせられたとして、クラスのどこまで復讐対象を広げるべきか、悩んでしまう。

ちょっと、気合を入れなおさなければいけない。

歩きながら、私は私の中にある家族の影、主にママの影を振り払おうと努める。

ここでは、私は一人の女子。「ママの娘」ではない。

「りなちー！」

自転車置き場を通り過ぎ、靴箱の並ぶ正面玄関に差し掛かったとき、前から馴染《なじ》みのある声がした。

「おはよー！　りなち、大丈夫ー？」

「由香《ゆか》」

「教室から見えたからねー、迎えにきちゃった。やだー、重いものとか持っちゃダメ。鞄持つよー」

由香は私の肩から鞄を奪うと、それがとても大切なものであるかのように、両腕でぎゆっと抱きしめた。

私より十五センチ背が低い由香の頭は、ちょうど私の鼻先をかすめる。髪から甘い良い匂いがした。ああ、この匂いも懐かしい。

「りなち、ほんと大丈夫ー？　葵《あおい》からメッセ来てさー。ちょーうびっくりしたよー」

由香はよく通る高い声で周りの注目を集めながら歩き出す。動作から声、歩き方に至るまで女の子らしい甘ったるさでコーティングされた由香と一緒にいると、ああ学校に戻ってきたんだわ私、と強く感じた。

この子はシカトとかハブとかに積極的に加わるタイプだから、由香がこの様子なら大丈夫だろう。ただ、

「なんか私、めっちゃ目立ってない？」

由香の大きな声の効果以上に、周囲の視線が痛い気がする。すれ違うすべての目が、私を見ている、気がする。

「あったりまえじゃーん。すごい噂《うわさ》になったんだよー。りなちが刺されたって聞いてー、入院したとかなってー。なんかねー、男子とか、小峰死んだんじゃね？　とか言い出すしー最悪だったよー」

「それ言ったの誰？」

「あ、うそうそー誰も言ってないよ。ダメよりなち、怪我人はリラックスしなきゃね？

りなち元気そうだねーなんか変わってなーい。よかったー安心しちゃったー」

「篠田《しのだ》か。篠田でしょ」

私は先月別れた元彼の名前を出した。私が死ぬのを軽く望んでいそうな男子として、真っ先に顔が浮かんだ。入院中、夢で見たせいもあるけれど。

「やだー違うよー。てかねー、みんな最初、刺したの篠田なんじゃね？　って言ってたんだけどー、あたしもそう思ったし。でも篠田めっちゃ必死で否定してたよーおれっじゃねえよとか言って。めっちゃウケたし」

由香は笑いながら、二階の教室への階段をひょいひょい上る。私は、段差を上るときまだ腰の傷がひきつって辛《つら》かった。できるだけそれを悟られないよう、手すりにぐっと体重を乗せて由香に追いつく。私は意地っ張りなのだ。私が痛がれば由香は心配するだろう。心配されるとか、とてもウザい。

階段を上りきった廊下に、篠田がいた。

「うわ」

由香が聞こえよがしに冷たい声を出す。篠田は私が行った復讐作業のせいで、クラスの女子ほぼ全員から嫌われていた。由香の冷たい声は普段のふわふわした可愛らしさからの温度差が強烈で、とても怖いと評判。

「小峰……おはよう、もう大丈夫なん？」

由香の圧力を乗り越えて、篠田は私に話しかけてきた。話しかけてきた！　別れて以来、一月《ひとつき》ぶり。

「うん」

私は一音節で答えた。七割程度の笑顔を添えて。

「そっか……」

篠田は何か言いたそうな雰囲気だったけれど、由香が細い肩を怒らせ、篠田を押し退《の》けるように歩きだしたので、私はそれに続くことにした。すれ違いざま、横目で一瞬目が合ったけれど、すぐに逸《そ》らす。

「ありえなくない？　あいつ。都合良すぎ。てめえに心配される筋合いねえよって感じだよねー」

それを由香に言われる筋合いないけど、と思ったけれど、もちろん口に出しては言わない。由香を含むクラスの女子に篠田を嫌わせたのは私なのだし、共通の敵を攻撃してくれる由香の女の子的な仲間意識が私はわりと好きだ。私には少し欠けてる部分。

「ねえねえ、てかさー、ほんとに篠田じゃないの？　りなちのこと刺したの」

「うん、違うと思う。知らない人っぽかったし。さすがに篠田だったら気づくわ」

「えー、知らない人とかやばいねー。じゃあさー、犯人ってただの変態？　女子高生刺したかったたってだけ？」

「わかんない。そうだったら、ちょっと困るな」

　犯人が私を無差別に狙っただけの通り魔なら、警察よりさきに私が犯人を見つけだすなんて、ほとんど不可能に思える。向こうはプロ。私に捜査の技術やノウハウなんて何もない。警察になくて私にあるのは、犯人の残した、あの言葉だけ。

　事件から十日も経《た》つのにまだ何も進展が無いところをみると、犯人につながるような大きな手がかりは、警察でも見つけられていないのかもしれない。

「こわいねー。りなちカワイイから、狙われちゃったのかも」

「そんなわけないって」

　私は笑って否定しながら、それでも、由香の発した「カワイイ」という言葉に喜んでいる。

　私はかわいい。鏡を見て、自分でもそう思う。私くらいかわいければ普通、かわいいという褒め言葉に過剰に喜んだりしないものじゃないかな、とも思う。けれど、私は容姿を褒められるのが大好きだ。

　中学の時、ママに似ていないという理由から、自分の顔が嫌いだった。その反動で、今、見た目を褒められることがすごく好きだ。

「ううんー、絶対りなちがカワイイせいだって」

「いやいや。それはないって」

「いーや絶対！　りなち、カワイイしー、スタイルいいしー」

「あはは。いや、それはないって。うふ」

バカみたいな会話をしながら教室に着く。緊張する間もなく、由香が戸を開けた。

「おはよー、葵、りなち来たよー」

十日ぶりの教室。一瞬強烈な懐かしさがこみ上げて、そして、すぐになじんだ。教室中ほどの席で、葵がこちらを振り返る。

「りな！」

好奇の視線は四方から降り注いできて、それはそれはうっとうしかったけれど、葵や由香と話しているうちにそれも散っていった。「なんだー小峰生きてんじゃん」という声が聞こえたときには大分イラッとしたけれど、カワイイと評判の猫目で睨みつけてやったらそれも消えた。声の主は馬鹿の島崎《しまざき》だ。馬鹿で有名な男子。仲良くもなんともない、どうでもいい存在のクラスメイトだったけれど、相変わらず馬鹿っぽいその姿を見て、そこで私は、やっとホームへ戻ってきたのだと肩の力を抜くことができた。

平和な日常。なぜかよく誤解されるけれど、私は平和を愛している。

葵たちと話しながら、なんとなしに視線を向けると、教室の一番前、廊下側の端の席から、篠田がじっとこちらを見ていた。

6

ホームルームの時間まではまだ余裕があったけれど、私は窓際の自分の席に戻った。立川《たちかわ》と話がしたかったのだ。

立川の席は私の真後ろ。立川は、そこでひとり文庫本を開いていた。私に気が付くと、顔を上げ、鼻から息をもらした。笑ったのか、小馬鹿にしたのか、どちらかだ。

「久しぶり、小峰。死ななかったの」

それだけ言うと、すぐに文庫本に目を戻す。

「立川、あなただけに、内緒で聞きたいことがあるの」

椅子に座り、視線の高さを合わせてから私は言った。

立川の眼鏡《めがね》の奥の目が、すっと細まる。

「なにそれ。気持ちわる」

「大丈夫。すぐに気持ち良くなるから」

私は携帯のメモ帳に保存しておいた、「あの言葉」を探した。意味のわからない言葉の羅列。もうすっかり脳に染みついて忘れる心配はなさそうだったけれど、慎重を期してバックアップをとっておいた。

立川は小さく舌打ちしながらも、読みかけの本を閉じて、私が携帯を操作するのを待ってくれている。

私と立川は、同じ中学の出身だった。話も合うし、ノリも合う。頭の偏差値も見た目の偏差値もだいたい一緒。私たちはそれなりに仲良しだったけれど、何故《なぜ》か中学二年にあがったとき、立川は突然文学少女的なキャラ作りにこだわりはじめて、地味な装いを好みだした。女子のグループ編成において、見た目のタイプはなかなか重要なファクターを占める。そこから私たちは、なんとなく別のグループになってしまった。黒縁の眼鏡に、うっすら青を入れてより黒に近づけた、長い黒髪。一年のときは自然なショートカットで、陸上部で元気に走り回っていたのにそれも辞め、立川は教室の片隅で文庫本を読むような女になってしまった。自分を暗く重く見せたがる立川の趣味は、私にはよくわからない。けれどとにかく、私は立川の、ノンジャンルの雑多な読書趣味に期待していた。私が音楽を何でも聴くように、立川は本ならなんでも読む。

「ラメルノエリキサ」

「は？」

「ラメルノエリキサって、なに？　知らない？」

私は携帯の画面を立川に見せる。

立川の唇が、文字を追って音もなく動いた。ラメルノエリキサ。

「なに、これ」

「だからー私が聞いてるんじゃん。ネットで調べても出てこないの。物知りな立川なら知ってるかもと思って」

「じゃなくて、なんなの、これ。なんでこんなの調べてるわけ？」

「ああ、あのね、刺した人が言ってたの。私を刺したのは、ラメルノエリキサのためなんだって」

立川の目が、眼鏡の奥で大きくなる。眼鏡がない方が、絶対カワイイのに。

「はあ？　どういうこと？」

「ね、意味わかんないでしょ。でも、手がかりになるかもしれないと思って、調べてるの。あ、これ内緒にしてね。警察にも言ってないから」

「小峰、あんた、まじで病気治ってないんだね」

立川は寒気がするとでも言うように、両腕で自分をぎゅっと抱きしめた。小学校から一緒の立川は、私の復讐癖をよく知っていて、それを失礼にも病気と呼ぶ。

「やめときなって。刺されるとか冗談じゃ済まないでしょ。それに復讐とか、どうかしてる」

「だって、すっごく痛かったんだもん。やり返さなきゃ気が済まない」

「いや……つーかさあ、あんたその病気のせいで、いろいろ恨み買ってんじゃん。今回の、それって、その復讐なんじゃないの？」

「うーん……わかんない」

　その可能性は、私も考えてはいた。私は復讐の復讐をされたのかもしれない。そうだとしても私は、復讐の復讐の復讐をするだけなのだけれど。

「もしかして、篠田とか」

「篠田じゃなかった」

「ああ、そっか。声まで聞いたんだもんね。知らない声だった？」

「それがさあ、なんていうか、あんまり覚えてないの。とにかくびっくりして、言葉の意味を理解しようとするのに必死で、声までは。でも、そんなに低い声ではなかったな。なんていうか……ちょっと、おかしな声だった」

「おかしな？」

「うん。ちょっと高めの……なんていうか、ちゃんと発声しなれてないオタクの人みたいな感じ。それか、もしかしたら女かも」

「性別すらわかんなかったの？」

「そう。だから、その言葉だけが手がかりなの。ねえ、意味わかる？　ラメルノエリキサ」

　立川は少しだけ唇を突きだして、私から目を逸らした。

わからないけれど、わからないとは言いたくない、の顔だ。立川も、私と同じで負けず嫌い。

「あーあ。立川なら知ってると思ったんだけどな」

私はわざとらしく落胆してみせる。負けず嫌いは負かしたくなってしまうのが負けず嫌い同士の性《さが》。

「……頭のラが冠詞なら、フランス語か、イタリア語あたりかも」

「え？」

「ラ・メールって、確かフランス語で海って意味。ノエルは、クリスマスでしょ。キサは……知らない。っていうか、知らない！　発音したの聞いた訳じゃないし。ていうか、なに、そういうの、ちゃんと警察に言わなきゃダメじゃん。復讐とか、馬鹿じゃないの」

立川は怒ってしまった。ちょっと煽《あお》っただけなのに、沸点が低い。でも、なるほど。フランス語。

「すごーい立川、フランス語知ってるんだ」

怒られるのは嫌いなので、おだてておく。

「知ってるってほどじゃないけど……一般常識の範囲だけ。ねえ、本気で、やめた方がいいよ」

簡単にキレたことが恥ずかしくなったのか、立川は取り繕うように、静かな声でそんな常識的なことを言う。

「犯人探しとか、非現実的」

「うーんでも、立川のおかげでちょっとは手がかりに近づいた感じがするな。フランス語かイタリア語？　確かに言われてみると、そんな感じするね」

「わかんないけどね。そういうアプローチも、ありかもってだけで」

立川は拗《す》ねたようにそう言うと、読みかけの本に戻ってしまった。

「ありがと。またわかんなくなったら立川に聞くわ」

私の言葉に、立川はつまらなそうに鼻を鳴らして応えたけれど、まんざらでもなさそうな微笑みは隠しきれていなかった。

このちょろさこそ立川の魅力だ。


「りな、今日どうやって帰るの」

放課後、帰り支度をしていた顔を上げると、机の向こうに葵が立っていた。携帯に伸ばしかけていた手を止めて、私は答える。

「お父さんが仕事抜けて迎えに来るって。うち親バカだからさ、心配みたい」

「そうなんだ。よかった」

葵は心から安心したように、ほうっと息を吐き出した。

「もう大丈夫だから、いいって言ったんだけどね」

「ダメだよ。りな、すぐ無理するんだから。親がこないならうちが送ってくからね」

葵は真剣な目で、私をまっすぐ見つめて言う。葵なら、本当にそうするだろう。善人なのだ。度し難いほど。

「大丈夫、痛いのイヤだから無理しないって。葵は部活でしょ。さっさとお行き」

葵は剣道部で次鋒《じほう》を務めていた。とても真面目に。学校も部活も、欠席どころか遅刻すらしたことがない。私が笑って手をふると、葵も微笑んで机から離れた。けれど、その目はまだ私を見ていた。

「ねえ、りな」

「ん?」

「ほんと心配した。学校戻ってきてよかったよ」

「え……おう。ありがとう」

改まって言われると、なんだか照れてしまう。照れながら、嬉《うれ》しくもなった。

「犯人、マジで許せない。夜道で女の子刺すとか、ほんと最低。でも、りなが生きてて良かった。りなもムカついてると思うけどさ、危ないことはしないでね」

葵は、昼間みんなで騒いでいたときとは全く違うトーンで、語りかけるようにそう言った。

葵にも、私の復讐癖は一応バレてしまっている。篠田にやった一連のアレコレのせいだ。けれど、それが立川に病気と呼ばれるほどのレベルだとはきっと知らない。話せばわかると思っているのだ。私が、みんなに心配をかけないために自分のエゴを押しとどめられる人間だと。

「わかってるよ。ありがとね」

「うん。じゃあね。また明日」

葵は最後ににこっと笑って私に手をふった。顎までの髪と短いスカートを揺らして、教室を出ていく。

葵の姿が廊下に消えるのを見届けてから、私はパパにメールを打った。

——友達と帰ることになったから、迎えは要りません。

あの日と同じ時間のバスに乗るために、私は喫茶店で少しの間時間をつぶさなくてはならなかった。その間に、パパからは何度かメールが届いた。心配だ、とか。友達も一緒に送っていくよ、とか。その全てを私がはねつけて、メールの無機質なフォントからでもわかるくらいにイラだってみせてようやく、パパは折れた。最後に、気をつけてね、とメールが届く。すっかり氷で薄まったココアを未練たらしくすすってから、私は席を立った。

バス停には十人ほどの列ができていた。その最後尾に並ぶ前に、私は時刻表を確認するフリで先頭まで行き、並んでいる人の顔をじっくり確認しながら列をたどった。会社帰りのおじさん、ＯＬ、学生。ピンとくる顔はなかった。私を見て、おかしな素振りを見せる人もいない。私が並んだ後ろにも、どんどん列が延びた。やがてバスがやってくる。あの日と同じ、緑のバス。

運良く一番後ろの席を確保することができた。一番後ろの一番右側。乗り込んでくる乗客ひとりひとりの顔を無遠慮に確認できる席。座りきれない乗客でバスはすぐにいっぱいになった。何人か、同じ中学だった同級生の顔を見つけたけれど、それだけだった。犯人かも、と思えるような人物はいない。どんな顔なら犯人と思えるのかも定かじゃないのだから、当然か。

私は静かにバスに揺られた。音楽を聴く気分ではなかった。疲れていた。入院生活から体力が戻っていないみたい。おとなしくパパの車で帰ればよかったのかもしれない。というか、そうすべきなのは明らかだった。どうして私は、明らかに正しい方を選ばなかったんだろう。誤りだとわかって選んでいる。病気と言われれば、そうなのかも。

アナウンスで、はっと目を開いた。

眠る寸前のところを漂っていたみたいだ。乗客は、半分ほどに減っていた。窓の外を見ると、いつも通り過ぎるコンビニの看板が光っていた。私が降りるバス停は次。少しだけ、胸がどきどきした。

数人が、同じバス停で降りた。一番後ろの席に座っていたので、降りるのも一番最後になる。暗い道に降り立ち、バスが去っていくのを見届けてから、私は歩きだした。

イヤホンをせずにこの道を歩くのは久しぶりだった。周囲の音が新鮮に聞こえる。風の音、道沿いの家から漏れる生活音、下水を流れる水の音。

それから、足音。

私のローファーのたてるパタパタという乾いた音と、もうひとつ。

私の後ろを、誰か歩いている。

一緒に降りた乗客たちは皆ばらばらの方向に帰っていったので、バスの乗客ではないはずだ。たまたま、偶然通りかかっただけの人だろう。たまたま、目的地が同じ方向というだけの人。たぶん。

そうわかってはいるのだけれど、つい早足になった。胸がどきどきする。認めよう。怖い。ビビっている。

後ろの足音は私の加速に反応した様子もなく、一定のペースで続いている。どうしよう、振り返ろうか。自意識過剰な女と思われたら嫌だという自意識が邪魔して踏ん切りがつかない。そうして迷っているうちに、足音は私の通り過ぎた横道を右に折れて、そのまま遠ざかっていった。私は道を引き返し、その背中を確認した。両手に買い物袋をさげた主婦だった。ずいぶん足の速い主婦。

私はほっと息をついて、乱れた呼吸を整えた。右腰の傷が少しだけうずいた。激しい運動は、まだ止められている。

すっかり気持ちが萎《な》えてしまった。だらだらと歩きながら、私はあの日、切りつけられた地点にやっとたどりつく。

なにもなかったし、誰もいなかった。血の染みひとつ見つけられなかった。当然だ。もう十日も前のことなのだから。拍子抜けしている自分がおかしい。映画やドラマで見るような、現場保存の黄色いテープが張ってあるとでも思ったのだろうか。

警察は、もう調べるものは調べ終えたのだろう。病院で受けた事情聴取で、私はあの日何時のバスに乗ったのかもきちんと話している。

葵やパパに嘘《うそ》をついて、収穫はゼロだ。

私はとぼとぼ家路をたどる。

家に帰ると、お姉ちゃんがいた。

7

相変わらず絵になる姉だった。

家の中だというのに、お姉ちゃんには全くスキがなかった。

腰掛けたソファには白のフレアスカートがふんわり広がり、白くしなやかな脚はきちんと二本そろえて投げ出されている。緩くウェーブしたブラウンベージュの髪は左肩から胸の前までするりと落ちて、膝の上の本はきっと、フランス文学だか詩集だかなにかだろう、どうせ。

ママの趣味で揃えられたグリーン基調の北欧風リビングの中、人魚姫のようなお姉ちゃんは、完璧なママの娘としてまったく遜色《そんしょく》のない完璧さでくつろいでいた。

「おかえり、りなちゃん」

リビングのドアに立った私を見て、お姉ちゃんが微笑む。ママそっくりの完璧な慈悲スマイル。お姉ちゃんの中で、ママに似ている、という部分を私は嫌悪していたけれど、それ以外の部分は概ねだいたい大好きだった。けれど、最近のお姉ちゃんは、そのお姉ちゃん的部分をよく隠す。

「りなちゃん、ちょっとここに座って」

そう言った声にも、ママ的な要素がにじんでいる。

私は少し気分を害して、お姉ちゃんの指し示したソファではなく、お姉ちゃんの正面のローテーブルに脚を組んで座った。すぐ横の飲みかけの紅茶のカップが小さく音を立てる。ウェッジウッド。割れればいいのに。

「りなちゃん、パパに嘘ついたでしょう」

私はため息をついた。

やっぱり。ゴスペルと書道と英会話のサークルを掛け持ちしているお姉ちゃんが月曜のこの時間に家にいるなんておかしいと思った。いつもは私が一番早いのだ。

「パパがチクったのね」

「パパは信じてたわよ。りなちゃんが友達と帰るって。でも、嘘よね」

お姉ちゃんの口調にはまだママの影がちらついていたけれど、お説教モードの真面目な顔に隠しきれていないにやけた口元は、まさにお姉ちゃんのものだった。嬉しくて、私は正直に話す。

「そう。嘘。ひとりであの日と同じバスに乗って帰ってきたの。もしかしたら犯人がいたりして、って思って」

「それで、どうだった？」

「もしいたら私は返り血塗《まみ》れよ」

「りなちゃん」

「嘘。冗談だって」

私はお姉ちゃんの紅茶をがぶりと飲んだ。よくわからないフレーバーティー。ぬるくて私にはちょうどいい。

「でも、りなちゃんは犯人を殺すつもりでしょ」

「そんなわけないじゃん。怖いこと言わないでよ、そんな殺すだなんて」

「警察に通報してくださったご近所の方が聞いてたのよ。てめえぜってえぶっ殺すって、叫んだ人がいたらしいわ。その方はその叫び声を聞いてポリスを呼んだわけだけど」

まあ。

「叫んだの、りなちゃんでしょ」

「それは、ついカッとなって口をついてでちゃっただけだよ。本当に殺そうと思った訳じゃない。ねえ、十代の子が殺すって口走るたびに本当に殺してたら、その辺死体だらけじゃない。死屍累々《ししるいるい》っていうか、こわーい」

私は紅茶のカップを両手で包み込んで、わかりやすくかわいこぶってみる。お姉ちゃんは目を細めて短くため息をついた。

「ねえ、それにね、お姉ちゃん。私、死んでないのよ。私がハンムラビ法典をリスペクトしてるの知ってるでしょ。目には目をって、教えてくれたのはお姉ちゃんじゃない」

「りなちゃん、実際の傷以外にも、手間とか気持ちとかいろいろプラスして考えるじゃない。りなちゃんの被害総額の計算方法って、お姉ちゃんよくわかんない」

「人殺しなんて、そんな怖いことしないよう」

まあそこは犯人次第だけれど。

実際犯人を目の前にした私がどこまでやるのか、それは私にもわからない。ただ、私に加えられた害が、歪みが、取り払われたと判断できるまでやるだろう。怒りが収まるまで。すっきりするまで。

「これって、刑事事件なのよ」

お姉ちゃんが真面目な口調で言う。私の弁明なんて全く聞いていない。というか、信じてないのだろう。さすがお姉ちゃん。私が生まれたときから知っているだけのことはある。

「こういうとき普通は、自分の手で復讐しようなんて考えないものよ。はやく犯人が捕まればいいなって、そう願いながら静かに暮らすものなの。りなちゃんみたいな復讐癖のある人だってね、警察が出てきたら、そこで身を引くのが普通よ」

「私がイカれてるって言いたいの」

「あのね、本当にイカれてるんじゃないかと思うわ。マジな話」

私が大きく舌打ちすると、お姉ちゃんは私を宥《なだ》めるようににっこり微笑み、私の組んだ脚の膝を優しくなでた。しなやかで、さらさらした指。

「心配してるの。りなちゃんは完璧主義すぎる。その完璧って、りなちゃんにしか見えない基準での完璧さだわ。たまにね、りなちゃんが強迫観念に囚《とら》われているように見える。潔癖性の人が見えない汚れを落とそうとするみたいにね、りなちゃんが復讐にこだわるのも、心理的な、なにか……なにかなんじゃないかなって」

「立川も私が病気だって言うわ」

「良いお友達ね」

お姉ちゃんがにやっと笑う。この笑い方は、好きだ。

「私のこと、ママにチクる？」

「まさか。りなちゃんの恨み買いたくないもの。でも、お姉ちゃんのアドバイスもちょっとは聞いて。冷静になって考えてみて。りなちゃんは本当に復讐がしたいのか。復讐しなきゃいけないって考えに追いつめられてるだけじゃないのか」

「うーん……うん」

私はうなずいた。そんなこと、考えるまでもないことのように思えるけれど。私のこの復讐欲にどんな背景があろうと、私は衝動に従って生きる自分を気に入っているから。でも、お姉ちゃんがそう言うのであれば、一度改めて考えてみてもいいような、そんな気もする。私はお姉ちゃんが好きだから。

それに、考えながらでも行動はできる。

「お姉ちゃん、ラメルノエリキサって知ってる？」

「ラメル……なに？」

私は鞄から携帯を取り出して、メモした言葉をお姉ちゃんに見せた。お姉ちゃんの優美な眉がかすかに顰《ひそ》められる。

「なんていうか、おまじないの言葉？　みたいなものなんだけど、どういう意味かなって思って」

「事件と関係あるのね」

「ないよ」

「あるんだ」

お姉ちゃんはふうっとため息をついて、絨毯《じゅうたん》に下ろしていた脚を私が座るローテーブルの上に乗せた。お行儀が悪い。

「りなちゃんがお姉ちゃんの言うこと聞いてくれない」

「そういうのいいから。ねえ知らない？　立川に聞いたらね、フランス語とかその辺の言葉なんじゃないかって言うの。お姉ちゃん大学でフランス語とってるじゃん」

「とってますけど」

「ラメルって海って意味なんだって。それで、ノエリがクリスマスでしょ」

「クリスマスはノエルよ。それに、ラ・メールにはもう一つ意味があるの」

そう言うと、お姉ちゃんは一瞬言葉を止めてちらりと私の顔を見た。その目に浮かんでいたのは、心配とか、気遣い。さすがお姉ちゃんだ。私のことをよく知っている。私のこだわりや、癖や、弱点。コンプレックス。

「お母さんって意味よ」

8

傷をかばいながらの入浴は、時間も体力も余計にかかる。こういった不便を与えられた怒りもきちんと覚えておいて、報復ポイントとして加算していきたいというのが私の考え方なわけだけれど、今夜はなんだかぼんやりしていた。くたくたに疲れて、濡れた髪をタオルで拭きながら自室に引き上げたときも、ベッドの上で考えるのは、犯人への怒りよりもっと別のこと。

ラ・メール。ママ。

私はマザコンだ。

ママが大好きで大好きでしょうがなくてなんでもママの言うことを聞いちゃういわゆ

るマザコンではなくて、本気でママにコンプレックスを抱いている、マザコン。

けれど、劣等感という意味でのコンプレックスとも、また少し違う気がする。もちろんママは完璧だから、それに比べて劣っていると思うことはあるけれど、私は、ママみたいに完璧になんて絶対になりたくないし、なろうとも思わない。お姉ちゃんは私を完璧主義なんて言うけれど、私の求める完璧なんて、ママの体現しているそれとは全く次元の違うものだ。全く、反吐《へど》がでる。

本棚下のコンセントにドライヤーのプラグを差し込み、振り返りながら自分の部屋を見渡す。黒とグレイが多めの配色。少しの小物と一人用の小さなソファだけがビビッドピンクだ。この家の他の部屋は全てママの好むアースカラーと優雅で華やかな木目の家具でコーディネイトされているけれど、この部屋だけは暗く、シンプルイズアメイジングをモットーに演出されている。私によって。

このセンスはもちろん私の好みなわけだけれど、私の好み、というのが、ママの好みの反対を目指して作り上げられたものであるというのは私もまあ、自覚している。つまりこの部屋も、ママの影響を真逆の方向にモロに受けているにすぎないと。

お姉ちゃんの部屋は、全く素直だ。花やら鳥やらのモチーフに、曲線多めのロマンチックな家具。ピンクにイエロー。ママの好みより、若干浮ついているくらい。

確か、小学校の低学年くらいまでは、私はお姉ちゃんがママと戦う同志なのではないかと期待していた。私の色々な悪行をママに内緒にしていてくれたし、時折見せるキレのある笑顔はアナーキーさの表れに思えた。いつだったか、近所の公園で二人で遊んでいたとき、後から現れた見知らぬ三人組の女の子と、口論になったことがある。私たちは、えぐるような人格否定でその口げんかに圧勝し、手をつないで家まで帰った。そのとき、その帰り道、私は確かに、お姉ちゃんと共鳴しあうものを感じたのだ。ママが聞いたら即座に青くなりそうな暴言の数々を吐き出すお姉ちゃんを、私はかっこいいと思った。そのお姉ちゃんですらビビる残酷な一言を吐き出せた自分を、私は誇りに思った。私たちは今同じ気持ちでこの道を歩いているのだと、つないだ手から、そう感じ取れる気がした。私たち姉妹なら、きっとママに勝てる。完璧なママの作る完璧な家族をぶち壊せると思った。私はひとりじゃない。ママの前では決して言葉にできないこの鬱屈を、お姉ちゃんも感じて、戦っているのだと、そう思ったのに。

お姉ちゃんはもう、ママみたい。

私はママを倒したい。そのためにはママをこの手で殺すしかないんじゃないかとバカな中学時代に悩んだりもしたけれど、大好きなママを殺すなんて絶対にできないし。

複合的。私のマザコンは、そんな意味でのコンプレックス。

ドライヤーをかけながら、私は何度目かのため息をついた。

「ラメルノエリキサのためなんです、すみません」

ドライヤーの音が、私の呟きをかき消す。

こんな言葉なんて、私が一度混乱の中で聞いただけで、正しく記憶できているかも定かではないのだ。そもそも意味のある言葉とも限らない。頭のおかしい変態が適当な音を並べただけかも知れない。犯人へ繋がる手がかりとするには弱すぎる。

わかっている。でも。

ママ。

ママが関係しているとしたら?

ラメルノエリキサがママを指すとしたら?

私はママのために刺されたのかしら。私がママの子供にふさわしくないから。

だとしたら、どうだろう。私はそれを、どう感じている?

納得。まずそれがある。なるほどね、確かに、私は完璧なママの子供にまるでふさわしくない。

それから次に、楽しい、という気持ち。それも間違いなく今の私の気持ちだ。

ママのために私を切りつけた犯人を私が殺す。それってとっても、なんだろう、流れとして美しい。マザコンの呪縛すら断ち切れたりして、なんて、思っちゃったりなんかしている。ああ、殺すというのはもちろん比喩よ、お姉ちゃん。

私は考える。この疑いがマザコンの妄想のレベルだとしても、まあとりあえずママの周辺が怪しい、と仮定して、疑わしいのはまず、ママの職場関係者だろうか。

ママは私が中学に上がるのと同時にピアノ教室をたたんで、大学で文化人類学なんかを教える教授の秘書として働きはじめた。文系研究室の秘書なんて、見た目の可愛い若い女を適当に雇うのが普通だと聞いたことがあるけれど、ママはそんなお茶だしみたいな役割だけじゃなく、変人の教授にはなかなか務まらない、学生や院生の面倒まで手広く見ているとか。

一度だけ、ママの勤める研究室に遊びに行ったことがある。二年前、大学選びに迷っていたお姉ちゃんが教授のご厚意で見学にと招かれたとき、のこのこ付いていったのだ。

吉野《よしの》、というその教授は、四十代にも六十代にも見える中年男性で、身長は百六十強の私よりも若干小さいくらい。丸く突き出たお腹に、不自然に黒すぎる黒髪、時代錯誤の鼈甲《べっこう》の眼鏡と、インパクトは小さくない人物だった。吉野教授は当時中学生だった私にも礼儀正しく握手を求め、吉野です、現代の錬金術師です、と、自らを名乗った。変な人、というのが私の抱いた印象だった。

教授の雰囲気とは似つかわしくない居心地の良い教授室でお茶を飲みながら、この研究室は小峰さんによってもっているようなものだよと、吉野教授は大仰にママを褒めそやした。

「僕は研究しかできない人間だからね。一歩間違えたら世捨て人だよ、ホント。錬金術師なんて名乗っちゃうとだれも尊敬してくれないしさあ。だからね、学生の世話は君たちのお母さんに任せっぱなし。ホント、助かってるよ」

ママを褒められるのは悪い気はしない。私の中で、吉野教授の評価が上がった。けれど、吉野教授はこうも言った。

「ただねえ、小峰さんに本気で入れ込んじゃう学生が後を絶たないのは、ちょっと問題かな」

学生たちにママがものすごくモテる、というのは、その日会った人ほぼ全員から聞かされた。実際、すれ違いざまママに向けて熱のこもった視線を向ける学生を何人か見た。憧れと恋心と崇拝が入りまじった視線。そんなものにさらされていても、ママはそよ風を受け流すように全く自然体だったけれど。

ママに心酔したアホな学生が私を襲ったんじゃないか。この事件にママが関係しているかも知れないと考えたとき、真っ先にその可能性が頭に浮かんだ。これがもし人妻に横恋慕したバカな学生の仕業なら、襲われていたのはパパだったかもしれない。そうならなかったのは、ママが、ママだから。ママがバカな大学生なんぞには手の届かない存在であることは明白。私が襲われたのは、ママの汚点を消すためだ。腐った根性の娘がひとり死ぬことで、ママはよりその完璧さに磨きをかける。

そういう動機をもつ人物なら、吉野教授だって当てはまるかも知れない。あの日教授から聞かされたママへの賞賛の言葉は、もちろん娘である私たちに対するリップサービスの部分もあったかもしれないけれど、それにしたってまあ大層なものだった。

教授の場合、それはママ個人に対する崇拝というよりは、そんな完璧なママを部下として所有できていることへの自慢の要素が強いようにも思ったけれど。

ママの職場周辺を洗うとして、大学に入り込むのは簡単だろう。吉野教授が私の顔を覚えていれば、きっと研究室にだって入れてくれるはずだ。けれどそれでは、私の動きはもちろんママに筒抜け。ママの周辺を嗅ぎ回る私を、ママはどんな風に思うかしら。

そこまで考えて、私はドライヤーのスイッチを切った。ベッドにうつ伏せに倒れ込む。腕にあたるシーツがひんやりと気持ちいい。

疲れた。本当に体力が落ちている。

私は枕元に絡まっていたウォークマンを引き寄せ、イヤホンを耳に押し込んだ。流れ出したのは、テイラー・スウィフトの「ブランクスペース」。暗示的。

マザコンとしては犯人ママの関係者説に固執したいところではあるけれど、それはひとまずひとつの可能性として頭に留めておく、のがベターだろう。

今はとにかく、もっと私自身に近いところから調査を始めるのが現実的。

気は進まないけれど、明日は一番の容疑者に話を聞くところから始めよう。

9

私の事件の被害者としてのレアリティは、翌日にはすっかり地に落ちていた。昨日のうっとうしかった視線が嘘のよう。さすが十代、飽きが早い。

だから放課後、私がゴミ捨てから戻ってきた篠田を人気《ひとけ》のない渡り廊下の隅で捕まえるのも、それほど難しいことではなかった。

「篠田」

後ろから呼びかけた私に、篠田は面白いほど飛び上がった。

南北の校舎をつなぐ、三階の渡り廊下。窓からは濃い西日が射《さ》して、廊下全体を明るく照らしている。校庭からは遠く気の早い運動部のかけ声が聞こえてきて、廊下の穏やかな静寂を際だたせていた。平和そのものの空気の中で、振り向いた篠田の表情が場違いに歪むのを、私は少しだけ愉快な気持ちで眺めた。

「小峰……」

篠田のくっきりとした二重の目が、落ち着きなく瞬く。私が近づくと、その瞳が素早く左右に揺れた。余計なギャラリーがいないか気にしているのか、助けを求められる人を探しているのか。いずれにせよ、ここには今、私と篠田の二人きりだ。

「篠田、なんかごめんね」

篠田から三メートルほどの距離で立ち止まり、私は言った。今の私たちのパーソナルスペースは、たぶんこのくらい。

「えっ……おう。いや、俺も、うん、ごめん」

ぼそぼそと、篠田が謝る。なにについての謝罪だろう。

私の「ごめん」は、私が刺されたことに関して、篠田まで余計な噂の的にされ煩わされたこと、についてのつもりだった。それはもちろん私の責任ではないわけで、本当に悪いと思っているのか？　と聞かれれば、答えはファック、だけれども、まあ、取りあえず会話のとっかかりとして下手《したて》に出てみたわけだ。

けれど、篠田の「ごめん」はなんだ？　まさか今更、別れる原因になった一連のごたごたについて？

それとも私を刺したこと？

「私を刺したのって篠田なの？」

「え、は？　ん、なわけねえじゃん。ちっげえよ」

篠田は顔を歪め、唾を飛ばして否定する。よかった、離れてて。

「小峰までそんなこと言ってんのかよ。ありえねえって。久世さんにもいろいろ聞かれたけどさ、でも、結局久世さんは信じてくれたぜ」

久世さん？　私は首を傾げ、けれどすぐに思い出す。病院に来た、あの刑事だ。

「警察、篠田のとこにも行ったんだ」

「ああ。マジで迷惑だよ」

「ごめんね」

「は？　いや、べつに、そこはしょうがねえけどさ……。俺が、あれだったんだし」

篠田はまた歯切れ悪く口ごもる。やっぱり。とっても今更だけど、篠田は私たちの別れ方について、一応悪かった、なんて思っていたりしたらしい。知らなかった。知るチャンスも、私が潰してしまったし。

私たちが別れたのは、篠田の浮気が原因だった。

それ自体は、別にたいしたことではない。私は心のどこかで、私たちの付き合いはごっこ遊びの延長のようなところがあると自覚していた。だから浮気を知ったときも、ショックを受けはしたけれど、それほど深く傷ついたりはしなかった。相手の女が三十過ぎの人妻だということには、けっこうびっくりしたけれど。

とにかく、だから私は当初、そこまで残酷な復讐を行うつもりはなかった。立川あたりは私を手あたり次第で見境なしのオーバーキラーと誤解しているけれど、私は幼き日のお姉ちゃんの教えをきちんと心に留めているのだ。やりすぎはダメ。今回のケース、恋愛ごっこの浮気の代償なら、二、三発殴る程度がちょうどいいだろう。鼻の骨を折るかどうかは、篠田の骨密度次第。
それで済ませられなくなったのは、浮気相手の人妻が、私に連絡を寄越《よこ》してきたせいだ。
それは、私の携帯電話のメインのアドレス宛に届いた。篠田から漏れたに違いない。クソ。

――こんにちわ！　健吾《けんご》くんの彼女さんだよね？　はじめましてー！　私、健吾くんと浮気してるものです！　急に連絡してごめんね？　あのねーどうしても健吾くんがかわいそうでメールしちゃった♪

初めてそのメールを目にしたとき、私は少し狼狽《うろた》えた。おおう、こういうタイプの喧嘩を売られるのって、小学生のとき以来かも。どうしよう、懐かしい。そんな狼狽《ろうばい》。

――あのさーあー、健吾くんってまだまだ若い男の子なわけぢゃん！　だからねーあなた彼女さんならさーちゃんとやらせてあげなきゃダメだよ！　彼女がやらせてくれないからって、健吾くんいつも私のとこに来ちゃうんだからネ！

どうしよう、くらくらしちゃう。

私は少し考えてから、届いたメールを保存して、スクリーンショットも撮っておいた。もちろん返信はしなかった。かかわりたくない。三十路《みそじ》オーバーでこのテンション。間違いなく面倒臭い人だ。

面倒臭さは別に罪じゃない。このどこかの誰かの人妻については、私は特になんの怒りも湧かなかった。一般的に、女が浮気されたときの怒りは同性に向かうものだと聞いたことがある。そういった意味でも、私の恋愛はやっぱり遊びの延長でしかなかったのかもしれない。私の怒りは、まっすぐに篠田に向いた。

許せない。篠田はこの愚かな女に、私のことを話したのだ。私の話で、私の悪口で、この女と楽しく盛り上がったに違いない。私のことを、ふたりで笑った。私をダシに、誰かの悪口を言うときの、独自の暗い秘密を含んだ親密な空気を味わった。私はそのことをなによりの裏切りと感じた。

だから、私は、篠田の携帯を盗んだ。男子って、どうして携帯や財布みたいな大切なものを、死角にあるお尻のポケットにさして歩けるのだろう。ロックを解くのも簡単だった。篠田が画面をなぞって解除するところを何度も見たことがあるし、液晶には指紋の跡がしっかり残っていたから。

夜、リビングのソファに座って、自分のものではない携帯をにやにやしながら操作する私を見て、お姉ちゃんが不思議そうに尋ねた。

「りなちゃん、なにしてるの？」

「お姉ちゃん、私失恋しちゃった」

「うん、それで、なにしてるの？」

「ルヴァーンシュ」

お姉ちゃんは私のフランス語の発音を褒めてくれて、キッチンで温かいココアをつくってくれた。ピンクと白のマシュマロの浮いた、心ときめく可愛いやつ。私はそれを飲みながら、篠田と浮気相手のやりとり、主にエロス関係のやりとりを、せっせとスクリーンショットに撮って集めた。

ココアを飲み干すタイミングで作業は終わった。私はカップを下げながら、クラスメイト専用のチャットルームに、集めた画像を送信した。


「だから、その、警察が俺んとこくるのも、それはしょうがねえとは思うよ」

篠田は言う。なるほど。私たちの別れる際のごたごた、その後のクラス内でのごたごたは、傷害事件の動機にもなりうると警察に判断されてもしょうがない、と、篠田は思っているわけか。

あの後、三十路オーバーとのエロトークを曝《さら》された篠田はクラス中の女子から最高に気持ちが悪いと虫のように嫌われることとなり、私はクラスの男子から、やり方が酷すぎる、陰湿だとまあ不当な評価を食らってしまった。

「ふーん」

「や、でもマジで俺じゃねえから。警察も一回だけ来てすぐに帰ったよ。俺にはアリバイがあるから」

アリバイ。そんな推理小説にでてきそうな単語を出されると、それだけで怪しい感じがしてくるけれど。アリバイ、イコール、トリックじゃないか？

「どんなアリバイがあるの？」

「俺さ、そんとき、小峰がその、そんとき、バイト中だったんだよ」

「ああ」

思い出した。篠田が最近駅近くのハンバーガー屋でバイトを始めたと、そういえば誰かから聞いた気がする。人妻アサるためなんじゃねえの、なんて、馬鹿の島崎あたりからからかわれていたような。

「バイト先の人みんなが証人だよ。だから、俺じゃねえんだって」

「わかった」

私は素直にうなずいた。そもそも、本当に篠田が犯人だなんて疑っていたわけではない。一応の確認として話を聞こうと思っただけだ。今のこの短い会話で、私ははっきり篠田は白だと結論付けた。確かな根拠があるわけではない。篠田が実行犯ではないにしろ、誰かに頼んで私を襲わせた、なんて可能性だってあるわけだし。けれど、その考えも私は否定する。なんとなく。ただの勘だ。篠田はそういうタイプじゃない。自分の思考の方向性、その確認ができて良かった。

「私も篠田を信じるわ。じゃあね」

話は済んだ。もう用はないと、私はその場を去ろうとした。教室に戻ろうと篠田の横をすりぬけ、けれどそこで、腕を掴まれた。右腕。私の腕を掴んだ篠田の手が、右腰の傷を一瞬かすめた。

「待てって。俺は」

篠田の言葉を、私は一切聞いていなかった。

右の、腰の横。そのすぐ後ろに、人がいる。それだけで、感覚が私の頭の容量を超えた。

私は全力で腕を引き、篠田の手を振り払う。

「さわんないでよ。気持ち悪い」

違う。

不快なのではない。本当は、怖かった。

けれどそれを悟られることは、なによりの屈辱に感じられた。

篠田は驚いた顔で私を見た。それがよけいに私を煽った。

「自分がどれだけ気持ち悪い存在か気づいてないの？　本当に嫌。馬鹿。気持ち悪い。近寄んないで」

子供の口げんかのような、中身のない悪口。

頭の中の同じ所を血液がぐるぐる巡回しているようで、そんな言葉しか出てこない。馬鹿。嫌い。大嫌い。

篠田の顔が、どんどん傷ついたものになっていくとわかって、私は安心した。私はなにも怖がったりしていない。ただ篠田が気持ち悪いだけ。私はそんなに弱くない。

篠田が私から目を逸らす。そこで私は逃げるように、篠田に背を向け歩きだした。

帰りのバス。私はドビュッシーの「ゴリウォーグのケークウォーク」を聴きながら、最悪の気分だった。嫌いな曲だ。弾む陽気さが絶妙にイラつく。厳選リストにうっかり紛れ込んでしまっていたらしい。

けれど私は聴き続けた。罪悪感を痛めつけるために。

篠田に謝りたい。八つ当たりなんて、最低。

でも、それは罪悪感から解放されたいというエゴとか、私は良くないことを自分に許さない自分でいたいというエゴとか、悪いことをしたらちゃんとごめんなさいするのよというママの教えを守らなきゃというエゴとか、とにかくひたすら自分のための欲求で、篠田の気持ちなんて二の次なのだ。エゴイスト。そんな自分も嫌いじゃない私は大きくため息をついただけでわりと気分を立て直す。オッケー。次から気をつけましょう。

曲が松任谷由実の「真珠のピアス」に切り替わったあたりで、私の思考は篠田とつき合い始めた頃の記憶を漂い始めた。

篠田とは二年になって初めて同じクラスになって、それまでは何の接点もなかったのだけれど、席が近いというだけでわりと頻繁に話すようになった。篠田は背も高く顔も悪くなく、けれどそれを鼻にかけてる感が鼻につくタイプの男子だった。話も面白く頭も悪くなく、けれどそれを鼻にかけてる感が鼻につく、という印象。そのうち、その態度や仕草から、あれ、こいつ私のことが好きなのかしらと疑う瞬間が増えていって、それに気が付いた由香なんかは、「ぜーったい。ぜったい篠田、りなちに気があるよー」と可愛く華やかに盛り上がっていた。私はとてもどうでもよかった。告白されたら振るだろう、と思っていた。篠田は振られた後のリアクションが面倒くさそうなタイプだろうな、と、先回りしてうんざりもしていた。失礼な話。

予想が裏切られたのは、その告白の仕方。

私は中学卒業間際あたりからめきめきモテ始めて、それなりに彼氏というものに興味や期待はあったのだけれど、私を好きだという男子からの告白を受け入れたことは一度もなかった。どいつもこいつも、告白の仕方が気に食わなかったせいだ。

メールや電話でなんて論外。直接告げる勇気をもったやつもたまにいたけれど、どこか斜《しゃ》に構えているように見せたがったり、どうでもいい風を装って見せたがったりと根性のないやつらばかりだった。「俺とつき合ってみる?」なんて、いったいどういう気持ちでそんな台詞《せりふ》を吐けるのだろう。みねえよ。つき合ってみねえよ。

篠田もどうせ、そんな手合いだと思っていた。私はきっと自己愛まみれのイラつく告白を聞かされることになるのだろうと。けれど違った。

風の強い放課後だった。空は素晴らしく澄んでいて、散った桜が砂と一緒に地面の上を流れていた。篠田は私を校舎の端の花壇の角に呼び出して、好きです、つき合ってくださ い、と言った。

いつもの停留所で、バスを降りる。私は耳からイヤホンを外した。

今日も昨日と同様、事件にあった日と同じ時間のバスに乗った。周りの足音を聞きながら家路をたどる。しばらくは同じバスで帰ることを続けるつもりだ。犯人につながる望みは薄くとも、何もしないよりは良い。忍耐力に自信はないけれど、そこは執念でカバーできる。

——頭を下げられたくらいでぐっときてしまったのは……。

気が付くと、また篠田のことを考えていた。

――真剣に望まれていることが嬉しかったからだ。

ふと見上げた目線の先に、丸い月があった。

黄金色の、私の好きな月だった。

早い時間に帰っていたら、見られていなかっただろう月。

私は腰に手を当てて、そっとそこにある傷をなぞった。

いつだったか、ママが誰かに話しているのを聞いたことがある。

娘さんに、ピアニストを目指してほしくはないのですか、という質問に対して。ママは答えた。

わたしとこの子たちは独立した人格ですから。娘の人生をわたしが決める権利なんてないですよ、と。

自分の敗れた夢を、娘にむりやり課したりしない。それがママのジャスティス。さすがママ。素晴らしい理性と自立心。

でも、私はピアノを習いたかったのに。

おや。

篠田のことを考えていたと思ったのに、いつの間にママが現れたんだろう。

やっぱり私はどこまでも、自分のことしか考えていないのだ。

10

次の日の朝。夜中のうちに雨が降ったのか、じっとりとまとわりつくような空気の中、私はもう普段とすっかり変わらず一人で登校し、薄暗い階段を上り自分の席についた。由香も葵も、まだ来ていない。篠田の姿も見えなかった。

「小峰」

声に振り返ると、立川が本から顔を上げて私を見ている。めずらしい。朝の読書タイムはいつも周りをシャットアウトしているのに。

「おはよう立川、曇り空が似合うね。なあに?」

「私は今日のあなたの予定を知っている」

立川は目を細めて言った。何を言い出すのかしら、急に。

「へえ」

「病院に行くんでしょ。抜糸。それ、私も行くから」

「はあ?」

立川の言う意味がわからず、私は首を傾げた。確かに今日は放課後、抜糸の予定が入っている。けれどそれを立川に伝えた覚えはないし、まるで関係のない立川がついて来る、なんて、ますます意味がわからない。

疑問符だらけの私を見て、立川は満足そうに息をついた。

「私だって、行きたくて行くわけじゃないの。ほんと、不本意なんだけど」

「え、じゃあ来ないで下さい」

「しょうがないの。小峰先輩に頼まれたんだもの」

小峰先輩。お姉ちゃん。

その名前を聞いて、私は事態の八割を理解した。

「お姉ちゃんが、立川になんて？」

「今日の病院についていって、一緒に帰ってやって欲しいって。それから、これからも」

「これからも？」

思わず高い声がでる。私が嫌そうなのを見て、立川は得意げに言った。

「あんた、なにか危ないことしてるんでしょ。小峰先輩がすごく心配してる。それで私に頼んできたのよ」

昨日。忠告を無視してまたもや遅く帰った私を見て、お姉ちゃんは無言で頰を膨らませていた。私はそれも無視した。なるほど。それで立川を使おうと考えたのか。

「危ない事なんてしてない。お姉ちゃんの勘違いね。気にしないで、立川。あなたにそんなご迷惑はかけられないから」

「なんとでも言うがいいわ。あんたの意見はどうでもいいから。私は小峰先輩の頼みを聞くだけ」

まさか、と思っていたのだけれど、放課後。立川は本当についてきた。

「立川、そんなに暇なの？　ほかに予定はないの？　彼氏とかいないの？　友達すらいないの？」

病院へ向かうバスに乗り込むまで、私はなんとか立川の気持ちを曲げられないか試してみたけれど、無駄だった。立川は眉一つ動かさない。その意志は固いらしい。

中学の頃、いや、もしかしたら小学生の頃から、立川はなぜかお姉ちゃんをとても尊敬し、慕っていた。ふたりの間にそんなに大きな接点があるわけではない。立川にとってみれば、お姉ちゃんはただの二こ上の先輩。中学を卒業してもう二年も経つのだから、ここまで従順にお姉ちゃんの言葉に従う理由なんて、ないはずなのに。地元にそういう後輩は多かった。お姉ちゃんは、なぜか異常に年下に慕われる。

バスが走り出した時点で、さすがに私も諦めた。今日のところはもう仕方ない。

「立川、昨日の話だけど」

「ん？」

私が諦めたことを察したのか、立川はようやく反応を返してきた。

「ラメルノエリキサの話」

「ああ」

「あの後お姉ちゃんにも聞いてみたの。ラ・メールって、海の他に母って意味があるって」

「そうみたいね。私も調べてみた」

私は、通路側に座った立川に顔を向けた。意外に思った。立川がわざわざ調べてくれるなんて。

「でも、やっぱり意味はわからなかった。ラメルノエリキサ、なんて単語は無いし、文章だとしても、それが当てはまるような文法は見つけられなかった。あんたの聞き間違いなんじゃない。諦めたら？　犯人探しなんて」

「そうね。そうしようかな」

私は適当に返事を返す。立川は呆れたように首を振った。そのまま呆れかえってもう私なんて見捨てて欲しい。本気で明日からも一緒に帰るつもりだろうか。

私が入院していた総合病院はこのあたりでは一番の規模で、広いロビーはどの時間帯でも人で溢《あふ》れている。それなりに歴史あるコンクリートの建物は、大きな窓が十分に配置されているのになぜかいつも薄暗い雰囲気で、一週間足らずの入院でも気が滅入《めい》ったのを思い出した。とっとと用事を済ませて帰りたい。

「私、病院って嫌いじゃないな」

ロビーに足を踏み入れたとき、隣で立川が言った。何を見てそう思ったのだろう。あそう、と、私は心の中だけで返事を返す。立川が暗く病的な文学少女的キャラ作りをしているときは、私はノーコメントでいようと決めているのだ。これは優しさに近いと思う。

受付で少し待たされたけれど、実際抜糸にかかった時間は十数分ほどで、痛みもほとんどなかった。チクリと引きつった感触があった程度。怒りを感じるほどじゃない。

ロビーに戻ると、立川は入り口近くの隅の椅子で文庫本を開いていた。そちらに向かおうか迷ったけれど、会計のためひとまず受付近くの椅子に座ることにする。このまま人に紛れてひとりで帰ろうかしら。それはさすがに可哀想かしら。

名前が呼ばれる。

会計を終える。

診察券を仕舞って顔を上げると、そこに篠田がいた。

「あ……おう」

まんまるに見開かれた目で私を見ながら、篠田は言った。私はなんとか叫び声を飲み込んだ。そして、一瞬でいろいろなことを考えた。何故篠田が病院にいるのか。私をつけてきたのか。ストーカーなのか。目的は何なのか。私に敵意はあるのか。昨日のこと、怒ってる？

そこで、篠田の目線が私からはずれた。篠田の隣に立つ人物へ。篠田は一人ではなかった。

「あー……」

篠田は決まり悪そうに自分の髪をかき混ぜながら、なにか言葉を探しているようだった。

私はその人物に見覚えがあった。何度か訪れた篠田の家で、ちらりと見かけたことがある。思春期らしさを体現したような、ニキビで荒れた肌に重苦しい前髪。篠田の弟だ。篠田弟は私を見ようともせず、じっと足下に視線を落としている。

弟連れで、ストーカー？

「見舞いなんだよね、俺ら」

やがて篠田が言った。

「小峰は、あれだろ。怪我……検診かなんか？　偶然だな。うちのお袋、ここに入院してんだよね」

「入院？」

私は馬鹿みたいにそのまま言葉を返した。

入院。篠田の母親には、私は会ったことがなかった。うちと同じく共働きで、帰宅はいつも遅いのだと聞いていた。

「そうなんだ……え、いつから？」

「二週間前とか、その辺だよ」

篠田の言葉には、どこか弁明するような響きが滲《にじ》んでいた。

たぶん、私たちがつき合っていた時期とは被っていないと主張したかったのだろう。

それは自分のためか、私のためか。

「そう……お大事にね」

儀礼的、意味のない言葉だと思いつつも、それしか言えなかった。なにか病気？　病状は？　なんて、聞けるはずがない。そこまで踏み込める立場では、もうないのだから。

篠田が何か答える前に、篠田弟がすっと私に背を向けた。とっととここから立ち去りたいのだろう。それはそうだ。兄とその元カノとの気まずい会話なんて、ずっと聞いていたいものでもないはず。

それにもしかしたら、と、あまりによそよそしい篠田弟の態度を見て思った。篠田は私にやられた復讐を、弟にも話しているのかもしれない。ともすれば、入院中のお母様にも。私は篠田家共通の敵なのか。

「ああ、だから、マジで偶然だから。付けて来たとかじゃないから、安心して」

「あはは、やだ。わかってるって」心を読まれていたみたい。

「そっちも、お大事に」

篠田の声に、儀礼的な響きはなかった。このときばかりは、私は自分が怪我をしていて良かったと思った。可哀想な被害者。その肩書きがありがたい。

「篠田」

私は、弟を追って去りかけた篠田に最後に声をかけた。

「昨日はごめんね、酷《ひど》いこと言って。あれ、八つ当たりだから気にしないで」


「より戻したの？」

私が目の前に立つと、立川は文庫本から顔を上げて言った。こいつ、見ていたらしい。

「まさか」

私は偽悪的に笑って見せた。

「偶然会っただけ。母親の見舞いだって。入院しているそうよ」

「へえ。本当に偶然？」

立川が眉を寄せる。私はため息をついた。なんだか疲れた。

「おなか空《す》いた。なんか食べて帰んない？」

「だーめ。小峰先輩はあんたがまっすぐ帰ることを希望してるの」

「なんなのあの女。母親かっつーの」

「心配してんでしょ。今だけよ。あんたがまじめにしてればすぐに収まるって。あ、ねえねえ抜糸どうだった？　痛かった？」


「おかえりなさーい」

胸が悪くなるような甘い声。リビングの扉を開けると、おととい同じくお姉ちゃんがソファでくつろいでいた。今日は白とピンクのセットアップ。私はその作り笑顔めがけて、鞄を投げつける勢いで放りだす。

「立川に付きまとわれたんだけど」

お姉ちゃんは鞄を片手で受け止めて、ソファの下に転がす。

「えー、もしかして、お姉ちゃんが言ったからかなあ？　りなちゃんが心配だって、相談に乗ってもらってたの」

「やめるように言って」

「りなちゃんが危ないことやめるなら」

「やめるから」

「嘘でしょ」

「ああ」

チッ。

お姉ちゃんの舌打ちが響いた。私もすかさず舌打ちで返す。

私とお姉ちゃんはそのまま数秒間睨み合った。

私は両目を細めて顎を上げる。お姉ちゃんは口だけを笑みの形に曲げて、目だけはぎらぎら攻撃的。お姉ちゃんの睨みなんて全然怖くない。小さい頃はよくこれで泣かされたものだけど、もう十六年も同じ表情で脅されてきたのだ。いい加減慣れる。でも、それは向こうも同じだろう。私が頑張って睨んでも、もうお姉ちゃんはあまりビビってくれない。

「あ、そうそう、抜糸は大したことなかったよ。ぜんぜん痛くなかったし」

「あーほんと？　よかった、パパがすごく心配してたから」

私たちは阿吽《あうん》の呼吸で戦闘態勢を解いた。

争いなんて、不毛だ。話し合ったところで無駄なのだから。

「ちゃんと傷口もくっついてたし」

「今日はお風呂入れるの？」

「あーできればシャワーだけとか言ってた気がする」

私はテレビの正面、お姉ちゃんの右手側に腰掛けた。今日は大人しくしていよう。なんだか疲れてしまった。スカート皺になるよ、と言いながら、お姉ちゃんがすっと立ち上がる。飲み物を入れてくれるのだ、と、いつもの習慣でわかる。お姉ちゃん大好き。

特に何をするつもりもなく、手元にあったリモコンでテレビをつけた。七時前のニュースが流れていた。地元ニュースのコーナー。小学生が遠足で、芋ほりのお手伝い体験に行きました。

私は目を閉じた。キッチンから、マグカップの堅い音がする。あと三十分ほどでママとパパも帰ってくるはず。

私は穏やかな心で、けれどその胸の中に、私を切りつけた犯人に対する怒りと苛立《いらだ》ちと復讐心がきちんと根付いているのを感じて、安心する。この恨みは、絶対に風化させたりしない。絶対許さない。ぶっ殺す。

キッチンから甘い匂いが漂ってきた。ココアだ。お姉ちゃん大好き。

そのとき、ソファの下に投げ出されたままの鞄から、携帯の着信音が聞こえた。私は目を開いた。

鞄は絶妙に手が届かない位置に落ちている。放っておこうかとも思ったけれど、音が鳴り止む気配はなかった。電話だ。

私は舌打ちをして立ち上がった。鞄から携帯を引っ張り出す。その表示を見て、手が止まった。

着信、久世刑事。

11

「もしもし、お忙しいところ失礼致します。私、先日病院の方にお伺いしました久世美咲です。小峰りなさんの携帯電話でお間違いないでしょうか」

久世刑事の声はオペレーターのように淀《よど》みなく美しかった。喜びも悲しみも焦りもない。一体何の用でかけてきたのか、察するヒントを一切与えない声。

「はい、そうです」

間を空けることを恐れて、私はすぐに答えた。

「ああ、小峰さん。突然ごめんなさいね。今、少しだけお時間いただいていい？」

「もちろんです」

話しながら、久世刑事の用件について、私の脳には何パターンかの可能性が浮かんでいた。そのどれも、私にとっては歓迎できないものだ。警察からの電話で私がハッピーになれる話なんて、何一つ思い描けない。

犯人逮捕の知らせ。これが真っ先に思いついた。そして思いつく限り、これが一番最悪の知らせだった。警察が犯人を確保すれば、私から犯人へ直接の復讐の機会が失われる。私は傷つけられたまま、すっきりできない。そんなの嫌。

けれど、久世刑事は言った。

「あのね、あまり良い知らせではないんだけど……」

「え」

思わず明るい声が出てしまった。良い知らせではない。警察にとって、という意味だろう。つまり、獲物はまだフリーなのかしら。

「小峰さん、ニュースは見たかしら？」

私はテレビに目を向ける。画面の中ではまだ先ほどの話題が続いていて、一番大きな芋を掘り起こしたという小学生がインタビューを受けていた。久世刑事が言っているのは、このニュース、ではないだろう。

「いいえ」

「あのね、今日の夕方、ついさっきなんだけど、女の子が道で襲われたの」

「……はい」

「まだ詳しいことはわかっていないんだけど、もしかして小峰さんが襲われた事件と関係があるかもしれなくて。急で申し訳ないんだけど、ちょっとお話を聞きたいの。今からお家《うち》へ伺っても大丈夫かしら」

三十分後にママとパパが帰宅して、その更に三十分後に久世刑事は現れた。

私はすぐに来てくれて大丈夫だと言ったのに。両親の帰宅がまだだと伝えると、久世刑事は律儀《りちぎ》に両親にもアポイントを取って、その帰宅を待った。未成年者に対する気遣い。わかっているんだけれど、舐《な》められているようで好きじゃない。

「お食事時にすみません」

久世刑事は、前に病院で見たときとほとんど同じ印象を纏《まと》ってやって来た。類型的なデキる女。それでいて華やか。暗いグレイのスーツを着ていなかったら、刑事と言うより女子アナにでも見えただろう。リビングに通されても、さすがに大げさに内装を褒めたりはしなかったけれど。

さっきまでお姉ちゃんがくつろいでいたソファに私が座り、その正面に久世刑事が着いた。一旦キッチンに消えたママが魔法のようにコーヒーを三つ運んできて、そのまま私の隣に座る。てめえは関係ねえだろ、消えろババア、とは、もちろん言えない。

久世刑事は挨拶もそこそこに、ローテーブルの上に一枚の写真を滑らせた。

「佐久間美月《さくまみつき》さんです」

写っているのは、私と同じくらいの歳に見えるショートカットの女の子だった。幅の狭い二重の目に、薄い唇。なかなかに可愛く、けれど、どこか残酷そうな顔をしている。見たことのない顔だった。少しだけ、葵に似ている。

写真から目を上げると、久世刑事の目がじっと私を捉えていた。反応を見られていたらしい。なにか大げさにリアクションでも取れば良かった。

「小峰さんの知ってる子、じゃあ、なさそうね」

「はい」

そっか、と、どこか残念そうに呟きながら、久世刑事は胸元から手帳を取り出した。紙の手帳に、ボールペン。今どき？　これはなにかのポーズだろうか。

「佐久間美月さん。十五歳。今から三時間ほど前に、泉町《いずみちょう》の住宅街で、刃物を持った何者かに襲われたの。小峰さんが襲われた事件と、色々と類似点が多くて」

「あの」

突然、横からママが口を挟んだ。ママは口元に細やかな刺繍《ししゅう》のハンカチを当て、テーブルの上の佐久間美月に視線を落としている。

「あの、その子は、大丈夫だったんですか？　怪我をなさったんですよね」

ママの美しい顔は暖かな照明の下でも少し青ざめているように見えた。心根の清らかなママは、犯人よりも被害者の女の子が気になるのだ。ママの完璧さにあてられ、久世刑事が慌てたように言う。

「あ、はい、大丈夫ですよ。今病院で治療を受けていますが、怪我の程度は軽いようです。意識もはっきりしていますし、ねえ、小峰さんは、本当、大変な目に遭われて……」

「いえ、私ももう大丈夫です」

私ははっきり笑顔を作った。

「でも、この子は知らない子みたいです。お力になれなくてすみません」

「そんな、とんでもないわ。でも、ごめんなさい、念のためもう何枚か写真を見てもらえるかしら」

久世刑事は落ち着いた笑顔を取り戻しながら、更に数枚の写真を取りだし、私に手渡した。笑う佐久間美月。制服姿の佐久間美月。部活の大会か何かだろうか、ランニング姿でトラックを走る、佐久間美月。

「ちょっとでも、見覚えがない？」

「……すみません、わからないです」

私は写真を返しながら答える。

「泉高校の一年生。学年は、小峰さんより一つ下よね。出身は泉北中学……」

久世刑事は手帳を見つめていた目をちらりと上げて、私を見た。その視線を、私はまっすぐ受け止めた。受け止めながら、考えた。

泉北中学。篠田の母校だ。

どうしましょう。それをここで言うべきかしら。

「名前だけでも、聞いたことはないかしら？　ほら、お友達のお友達とかで」

「篠田と同じ中学ですね」

私ははっきりそう言った。ここで私が言わなくとも、それくらい警察はすぐに突きとめるだろう、と判断したからだ。そもそもそんなことは既に久世刑事も知っていて、あえて私の口から言わせたかっただけかも知れない。私が素直で協力的な子供かどうか、試しているのかも。

久世刑事は、あら、そうなのね、なんて、しらじらしいとも取れるリアクションで、手帳に何事かを書き込んだ。スマイリーマークでも書いているのかしら。篠田ってだあれ？　とも聞かない。久世刑事が篠田の元を訪れたことを私が知っていることを、知っているようだ。

久世刑事の用件は、それで済んだらしかった。私と佐久間美月との面識を確認すること。もしかしたら、篠田との関連も。

久世刑事は儀礼的にコーヒーに口を付けると、広げていた写真を仕舞い、席を立つ気配を見せた。隣のママも、察して腰を浮かしかける。私はここを、最後のタイミングと睨んだ。

「あの、久世さん。この、佐久間さんの、お見舞いに行くことは可能ですか？」

「え？」

久世刑事は、今日一番自然な表情で、きょとんと首を傾げた。

「私、入院中、いろいろ不安だったから。励ますってわけじゃないけど、なんていうか……話くらいは、できないかなって。駄目ですか？」

「ああ……」

久世刑事が、柔らかな笑顔を見せる。

襲われた女の子を気遣う、優しい美少女、私。

視界の端で、ママも微笑んでいるのがわかった。ああ、うざい。

「そうですね、確認してみます」

久世刑事は、席を立ちながら言った。

「佐久間さんの体調と、あとは親御さん次第かしら。いつごろになるかはわからないけど、でも、必ず確認して連絡するわ」

12

翌朝になって、初めて佐久間美月のニュースを目にした。

もちろん実名の報道はされていない。被害者の情報は、近所に住む、十五歳の女子高生、とだけ。携帯で見たネットニュースでは、私の事件との関連を暗に示唆するような報道もちらほら見受けられたけれど、まだはっきりとしたことは何も書かれていない。

昨日の夜に久世刑事から聞いた以上の情報は、特に得られなかった。

「学校まで送っていこうか？」

ニュースを気にする私を見て、出勤の準備の済んだパパが言う。

「なんで？　平気。いってきます」

私は鞄をつかんで、振り返らずに玄関を出た。パパを相手にすると、何故か私の反抗期はぶり返す。これでもだいぶマイルドになった方ではあるのだけれど。


教室の、廊下側、一番前の席。

そこにはいつも通り、篠田の姿があった。

後ろ姿で確かなことは言えないけれど、特に普段と変わった様子もない。机を挟んで立つ島崎と話しながら、時折背中を揺らしている。

まだ、警察は篠田のところへは行っていないのだろうか。篠田はまだ知らないのかもしれない。昨日の事件も、その被害者が、中学時代のひとつ下の後輩だということも。

それを私が久世刑事にバラしたということも。

私は少し意外だった。警察は、すぐにでも篠田にまた事情を聞きに行くと思ったのに。私が思っているほど、篠田は重要な参考人というわけではないのだろうか。

「小峰」

私の肩胛骨《けんこうこつ》の下あたりをシャープペンの背で突きながら、後ろの席から立川が呼んだ。ほんの一瞬。その感触は、私に右腰を切られたときの記憶を呼び起こさせた。私は睨むように振り返った。

「んだよ」

「え？　なにキレてんの」

「別に。なんだよ。なに」

「あのさあ、昨日女の子刺されたでしょ」

「うん」

「私さあ、それ、知ってる子だったんだよね」

私の機嫌は一瞬で回復して、私は立川の手を両手でかき抱いた。親愛の情を込めて。

「それで？」

立川はとても不快そうな顔をして、私の手を振り払った。

「知ってるって言っても、たぶん向こうは知らないけど。陸上部だった子から数年ぶりにメッセまわってきてさ。刺されたの、佐久間美月って子。陸上関係でちょっと有名な子でね、それでさあ、その子、篠田と同じ中学だったんだよね」

「それはもう知ってる。もっと別の、独自でスペシャルな情報を頂戴」

「え？　小峰はなんで知ってるの？」

私は昨日の久世刑事の訪問を五秒で説明した。立川は、ふうん、と気のない返事をした。「篠田、佐久間同じ中学情報」を私に一番に伝える楽しみが不発だったので、がっかりしたみたいだ。

「ねえ、陸上関係で有名って、なんで？　その子、速かったの？」

「まあ、短距離ではダントツね。私、その子が入ってすぐに部活辞めたからあんまり知らないけど、それでも噂で聞いたくらい。北中の一年がヤバいって。あと、可愛いしね、顔」

「えー可愛い？　そうだったかな」

私は写真の佐久間美月の顔を思い返してみる。可愛い、っちゃあ可愛いけど、言うほどかしらん。

「小峰のほうが可愛いよ」

立川がわざとらしい発音で言う。

「誰が可愛いの？」

右斜め後ろから声がかかって、少し驚いた。全く、その位置は私の鬼門だっていうのに。

振り向くと、由香が立っていた。由香は可愛く唇をとがらせて、不満をアピールしている、というアピールをしている。

「由香、おはよう」

今日はまだ由香と話していなかったと思い出して、私は言った。

「お、は、よ」由香はアピールを続けている。

「なに？　由香。ご機嫌ななめ」

「りなちさあ、立川となに喋《しやべ》ってたのお？　私、さっきから何回もりなちのこと呼んでたんだけど」

「うそ。気づかなかった」

「ほんとだよお。由香ちょおさみしかったー」

由香が細い腕を私の首に巻き付けてくる。由香の胸の下と座った私の頭の高さが同じ位なので、そうやって抱きしめられると収まりがいい。友人関係の中で、露骨に甘えた関係を欲しがる女の子というのが私はあまり好きではなかったのだけれど、由香は許せた。甘えるにしても、由香は絶妙な距離間を心得ている。

「芦田《あしだ》さんて、なんかめんどくさいよね」

立川が言う。

「はあ？　うるせえよ」

「そうよ、めんどくさいのが由香の良いとこだもんね」

「えーひどーいりなち。ねえねえ、立川なんかと何話してたのー？」

「んー」

私は少し考えた。由香にどこまで話そうか。

「昨日の夜、襲われた子、立川の知り合いなんだって。佐久間美月ちゃん？」

「えー！」

由香が思いの外大きな声を出した。教室にいた何人かがこちらを見る。私は、篠田と話していた島崎と目が合いかけた。

「その子由香も知ってるー！　つーか、同じ中学だし」

「え。由香って北中だっけ？」

「そうだよー！　うそーやばーい、まじ怖い！」

「芦田さん、声うるさい」

由香は素直に声をひそめて立川の机にすがりつきながら、囁くように「やばーい！」と繰り返した。やばいー、こわいー、と言いながら、そのイントネーションは普段よく使うかわいいー、すごいー、とほとんど一緒で、由香ってもしかしてこういうロボットだったりして、と、飛躍した妄想が浮かんだ。

「ねえねえ、それってさあ、やっぱりりなちのときと同じ犯人なのかなあ？　連続殺人？　やばすぎるでしょー」

「殺人とか怖いよね」

立川が投げやりに言う。

「ねえ、由香。そのさ、佐久間美月？　その子ってどんな子だった？　恨み買ってたとか、知らない？」

「えー、知らない。けど、でも、恨んでたんなら男子かも」

「男子？」

「うん。男嫌いで有名だったもん。やばかったみたいだよー」

そのとき予鈴が鳴って、由香はすっと立ち上がった。

「犯人、早く捕まるといいね」

最後に私の頭を撫でて、由香は席に戻っていった。

男嫌いで一体何がどうやばかったのか、聞き逃してしまった。

「芦田さんってほんと可愛いよね」

立川が吐き捨てるように言う。可愛いの概念が崩壊しそう。

立川に答えず前に向き直った私のポケットの中で、携帯が短く震えた。メールだ。

差出人を確認した私は目をほんの少し見開き、それから内容を確認して、口元が緩むのを感じた。

久世刑事。さすが、できる女は仕事が早い。

「佐久間美月のお見舞い、一緒に行く？」

放課後。私はなんとなくの気まぐれから、立川を誘ってみた。別に、昨日のお姉ちゃんとのやりとりがどうとかは、関係ない。

「お見舞い？　昨日の今日で無理じゃない？」

「美人の刑事さんから許可はもらってあるの。可愛い絵文字付きで」

「ふうん……でも、いいわ。行かない。知り合いってわけでもないし」

私は意外に思った。立川は、お姉ちゃんに頼まれた私の見張りに使命感を燃やしていると思ったのに。私の表情を読んだのか、立川が付け加える。

「もういいんだって、小峰先輩。りなちゃんに怒られたから諦めるって。あんた、見放されたんじゃない」

「かもね」

私は鞄を持って席を立った。

歩きながら、久世刑事に教えてもらった病院へのルートを調べる。バスを乗りついで、三十分といったところだろうか。四時過ぎには着けるはず。

携帯をしまい、ふと窓の外を眺めた。

とても良い天気だった。空はまだまだ青く高い。ほんの数日前より、更に日が長くなっているようだ。今日は湿気もそう気にならない。絶好のお出かけ日和。

——あんた、見放されたんじゃない。

無意識に舌打ちが出ていた。

こんな言葉を気にする自分がうっとうしい。私は、踏みつぶすように階段を下りた。

13

病院なんて、どこも代わり映えしない。どこも同じようなもの。特にこの、匂い。

病室に通されて最初に顔を合わせたのは、私の完璧なママより十は年上に見える佐久間美月の母親だった。付き添っていた窓際のベッドから離れると、佐久間母は私にしきりに頭を下げ、熱心に礼を言った。わざわざお見舞いに来てくれるなんて、ありがとう。本当にありがとう。本当に本当にありがとう。泣きはらしたような真っ赤な目でつめ寄られ、私はちょっと気圧《けお》された。

きっとこの人は、心が弱っているのだろう。娘が刺された混乱から、とにかくちょっとした刺激で心が傾きやすい時期なのだ。今は、感謝に。

私は困った。こんなときなんて言ったらいいのだろう。ご安心下さい、私が娘さんの分もきっちり復讐してさしあげますわ、なんて？

そんな馬鹿なことを口走る前に、佐久間母が席を外すと申し出てくれたので助かった。

戸口まで見送り、引き戸を閉める。

「すみません、お母さんうるさくて」

窓際のベッドから、澄んだ声がした。

「先輩も刺されたんですよね？　それで来てくれたんですか？」

佐久間美月は、写真で見るよりずっと美しい少女だった。陸上をやっているとは思えないような白い肌に、細い首。ベッドの上に上体を起こして、寝乱れた髪を撫でている。

「ごめんね、大変なときに。怪我、大丈夫だった？」

先輩、と呼ばれたことに甘えて、私はタメ口で話すことに決めた。優位を示すというよりは、フレンドリーさのアピールのため。小峰が敬語で話すと怖い、と、なぜかよく言われるのだ。

「大丈夫ですよ。ほんのかすり傷だったんです。縫ったりもしなかったし、ほんとは入院なんて必要ないんですよ。もう、暇で暇で」

佐久間美月は礼儀正しい笑顔を見せる。その笑顔の中には、昨夜写真を見たときに感じたどことなく残酷そうな印象は見つけられなかった。

「あ、すみません。狭いですけど、座って下さい」

「ありがとう」

私はベッド脇の丸椅子に腰を下ろした。

「警察に、もういろいろ聞かれた？」

「聞かれましたよ。昨日の夜と、今日の午前中も。あの、綺麗な刑事さんが来ました。先輩の件も同じ担当だって」

「久世刑事？」

「そう、その人です」

「あのね、昨日からそんなんで、もう質問は飽き飽きかも知れないけど、私もいくつか聞きたいことがあるんだ。ほんと、悪いんだけど、いい？」

「そんな、ぜんぜん平気ですよ。なんでも聞いて下さい」

佐久間美月は、透き通る声で歯切れよく喋った。私の中で、佐久間美月への好感度はぐんぐん上がった。意外だった。由香の話した、男嫌いでやばかった、という情報からなんとなく想像していた人物像からはほど遠い。私たちの年代で男嫌いなんて、自意識が肥大してひねくれた子が陥りやすい症状でしょう、なんて、偏見かしら。

「犯人の顔は見た？」

「いいえ、見てないです。一瞬だったし、フードをかぶってたから」

「それで、すぐに逃げていった？」

「はい。後ろから、ドンッてぶつかってきて、そのまま走っていきました。で、よく見たら、あれ、私切られてる、みたいな」

私の質問はきっと警察、久世刑事が何度も聞いたものと同じだろうに、佐久間美月は嫌な顔ひとつせず、丁寧に答えた。

「犯人に心当たりは？」

「うーん……ないって言えばないし、あるって言えばありますね」

佐久間美月は、上目遣いでいたずらっぽく笑った。

この子、モテるだろうな、と思った。それでいて男嫌い。なるほど、なにかと恨みを買いそうだ。

私はいくつか質問を続け、頃合いを見て、一番聞きたかった、今日の目的とも言える質問をぶつけた。

「犯人は、佐久間さんになにか言わなかった？」

「なにか？　いえ、特に何も」

「ラメルノエリキサ、とか」

「ラメル……えっと？」

佐久間美月は戸惑った表情で首を傾げた。

「ううん。いいの、忘れて」

「はあ」

「篠田健吾って、知ってる？」

「え？　いえ、知らないです」

「名前、聞いたことも？」

「はい、ないですね」

がっかり。

私はとてもがっかりした。それを態度に出さないように気を付ける。それはさすがに、佐久間美月に失礼だ。

このがっかりは、上げて、落とされたときの、失望。

そう。私は昨日、佐久間美月が襲われたと聞いたとき、とても気持ちが上がったのだ。手がかりが増える、犯人にたどり着けるチャンスが増えると。佐久間美月と篠田のつながりを聞いたとき、その喜びはさらに跳ね上がった。篠田が犯人だなんて、ありえないとは思っているけれど、少なくとも、なにかしらの関連があるのだとしたら。私にだって、その糸をたぐりよせ、犯人を見つけることができるかもしれない。あるいは、警察より早く。そう思ったのだけれど。

「ごめんね、ずいぶん時間とらせちゃった。ありがとう」

私はゆっくり立ち上がった。

「いえ。あ、先輩、よかったら、携帯の番号かアドレス、教えてくれませんか？　刺された仲間ってことで」

「もちろん」

私は鞄のポケットから、携帯を取り出す。

佐久間美月も携帯を操作しながら、何気ない風に言った。

「先輩、事件、調べてるんですか？」

「うん。そうなの」

「へえ……なんでです？」

「えー、内緒」

ふっ、と、佐久間美月は笑った。

番号を交換し終えて、私はベッドを離れた。

「なにか思い出したりしたら、連絡しますね」

佐久間美月は、ベッドの上で小さく手を振る。

私は佐久間美月が気に入った。

犯人に復讐する際には、きちんと彼女の分の被害も上乗せしておいてあげよう、と思った。

14

「じゃあ、小峰と二人目の被害者の間に、関連は特になかったんだ」

立川の言葉に終止符を打つように、ダン、と、一際大きな踏み込みの音が響いた。お尻をつけて座っていた床から振動が伝わる。見ると、葵が高く跳躍していた。黄色い明かりを降らす体育館の天井へとまっすぐ伸ばした腕で、ボールを叩《たた》き落とす。

華やいだ歓声が上がる。笑顔と、ハイタッチ。本当なら、私もその中にいるはずだったのだけれど。

「そう。見た目が可愛いってことくらいかな。共通点」

「じゃあやっぱ、ただの変態が犯人なんじゃゃない」

「そう、かも」

遠く繰り広げられるバレーの試合を眺めながら、私は体育館の壁に頭をつけて、静かに息を吐いた。

佐久間美月への、お見舞いという名の事情聴取を終えた翌日。二限目の体育を、私は見学していた。抜糸後数日は激しい運動は控えるようにと、医者の言葉。隣の立川はサボりだ。球技は苦手だとかなんとか。

由香のサーブが、明後日《あさって》の方向に飛ぶ。

曇り空のせいか、体育館内の明かりがやけに黄色く安っぽく見えた。大げさに落ち込む由香に、そんな由香の肩を軽く叩く葵。各々、どこか統率されたリアクションを見せる女子たち。こうして座り込んで一段低い視線で眺めると、それが舞台の上で演じられる芝居であるかのような錯覚を受ける。

「ラメルノエリキサ」

もう何度目になるかわからない呟きが、無意識に漏れた。

「ラメルノエルキサ」

立川が、ため息とともに復唱する。

なんとも、ぼんやりとした、怠惰で、鈍い気分だった。

天気のせい。気圧のせい。照明のせい。寝不足のせい。今だけだ。いろいろな要因が重なりあって、今だけ、こんな気分になっている。

私は、自分の中にある憎しみの感情にアクセスした。そこからさらに繋《つな》がる細かなディテールも呼び起こす。刺された痛み。不当に味わわされた恐怖と、その屈辱。不便へのイライラ。その他イライラ。バレーにも参加できないし。私はサーブが得意なのに。

お腹に回していた左手を伸ばして、腰の傷にふれてみる。はっきりと感じる違和感。指先に、少しだけ力を込める。ぞわ、と、不快な疼《うず》きが広がった。

「ぶっ殺す」

私は小さく囁いていた。

立川が、こちらに顔を向けた気配がする。聞こえたのかしら。ちらりと目だけで確認すると、立川は予想より遥《はる》かに真剣な表情で……だいぶ、引いているようだったので、私は少し焦った。

「いや、」

「りなちー！」

コートの上から、由香が呼んだ。大きく手を振っている。微笑んで、私も手を振り返す。

「ちゃんと見学してるー？」

授業も終盤で、バレーに飽きてきたのか。由香がこちらに絡んでいるせいで、相手チームの子がサーブを打てずにまごついている。困った子。

葵が由香のジャージを引いて、注意を引き戻す。

「立川絶対サボりだよー」

由香が言った。こちらにも聞こえるように。絶対わざとだ。うざ、と、立川が低く呟いた。

ダン、と、床が震える。音の主はほとんど葵だった。剣道での癖か、葵の踏み込みはやたら力強い。

いきいきと跳び回る葵を見ていると、昨日の、病院の白いベッドの上の佐久間美月の姿と重なった。やっぱり似ている。髪型とか、身体のライン、形。彼女はいつから陸上部に復帰できるのだろう。

ふと、外の騒がしさに気がついた。

私たちの寄りかかっていた壁の向こう、体育館と食堂の建物に挟まれた、自販機等が置かれているちょっとしたスペース。校庭から男子が戻ってきたんだろう。確か、男子はサッカーの授業だったはず。ざわざわと、話し声がする。私はそれを、聞くともなしに聞いていた。

「ってさあ、今回の光属性の報酬が……」

「そうそう、そんで、結構強いんだよ」

「でもさあー、五百位以内は厳しいよ。俺さあ、先月も課金しまくって親に殺されかけたんだよね」

馬鹿の島崎の声は、喧噪《けんそう》を突き抜けてとりわけよく聞こえる。馬鹿だなあ、島崎は。声は近づき、またゆっくりと遠ざかる。

平和だわ、とても。こちらの授業もそろそろ片付けに入るはず。そういえばお腹が空いた。今日のお昼はママのつくってくれたお弁当。金色の甘い卵焼きが入っているはず。私は甘くない方が好きなんだけど。

穏やかさの奥底にかすかに焦燥を感じながら、私は瞼を閉じた。

「あー、マジでエリキサー足りねえよー！」

私は瞼を開いた。

エリキサ。

ラメルノ・エリキサ。

「ねえ、今、」

立川が口を開くのとほぼ同時に、私は立ち上がり、その勢いのまま駆け出した。

体育館の中扉。開いていたそこから外に飛び出す。ざり、と、室内用の運動靴が砂を踏む。自販機の前にたむろする、青いジャージの集団が見えた。その中のひとりに、篠田がいた。

「小峰？」

驚いたように動きを止める篠田を無視して、私はあたりを見渡す。いた。

校舎へと続く渡り廊下の手前。両手を叩いて大げさに笑いながら歩く、猿のようなシルエット。

「島崎！」

叫びながら、私は駆けた。激しい運動は控えるように？　誰がそんなこと言ったんだっけ。私の声に振り返りかけた島崎にちょうど追いついて、私はその青いジャージの襟首を、両手で摑んだ。

「島、崎」

島崎はぎょっとした顔で私を見た。

「え、うえ？　お？　小峰、え？」

私はその顔を見ながら、乱れた息を整えた。数十メートル走って息切れ。全く、すっかり虚弱体質になってしまった。

「今、なんて言った？」

私はやっと声を絞り出した。

「は？　え、今って？」

「喋ってたでしょ、今。それ、なんて言ってたの」

「は？　いや、なんも言ってねえよ！　マジで。マジマジ、ゲームの話してたんだって！　女子の悪口とか言ってねえし！」

「だから、それ、なんて言ってたの」

こんな聞き方じゃダメだ。

私は大きく息を吸い、脳に酸素を送り込む。

落ち着いて。大丈夫。島崎は逃げない。逃がさない。

「エリキサ、って、言ってたでしょう」

「え、あ、ああ。だから、ゲームの話だって。ドラゴンズフロンティア」

「ゲーム？　ゲームの中に出てくるの？　エリキサってなに？」

「小峰」

振り向くと、立川が追いついて来ていた。

「なんだった？　エリキサって……」

「ゲームの回復アイテムだって！　なんだよ、ふたりとも、ゲームやんの？」

島崎が苦しそうに言う。襟首を掴む手に力が入っていたらしい。私は手を離した。

「やらない」

「ゲームのアイテム？」

「おう、回復アイテム。行動力と、攻撃ゲージを全回復できる」

私は立川を見た。私同様、首を捻《ひね》っている。島崎が言っているのは、最近流行《はや》っているソーシャルゲームのことだろう。一時期葵がやっているのをちらっと見たことがある。私はそちらの方面には全く疎《うと》かった。

「なんだよ島崎、カツアゲされてんの？」

「俺もよくわかんねえんだよ。俺、カツアゲされてんのかなあ」

周りに人が集まり始めていた。うっとうしい。少し考えて、私は聞いた。

「島崎、ラメルノエリキサって、わかる?」

「ラメル? フラメルのこと?」

そのときだった。

「あああ!」

私のすぐ横、耳元で、誰かが叫んだ。

それは、普段の生活の中ではあまり聞くことのない音量で、私は衝撃でよろめいた。うお、っと叫んで、島崎は尻餅をつく。それはさすがに大げさだろうと思ったけれど、それどころではない。声の主を見る。立川。

「やばい!」

立川が、目を見開いて、叫んでいた。

「やばい! わかった! あたしわかっちゃった! 小峰! わかったよ! やばいやばいやばいどうしよう! わかっちゃった!」

立川は、私の肩を摑んでぴょんぴょん跳ねる。そこにはもう文学少女の面影はなく、私は、あ、懐かしい、と思った。これは、中学二年で急なキャラクター変更を遂げる前の、陸上部時代の立川だ。やばい、が口癖だったときの。

「立川、落ち着いて。なにがわかったの」

「フラメル! ニコラス・フラメルだよ! エリキサーって、そう、そうだった、なんで気づかなかったんだろ！　ラメルノエリキサって、つまり、そうよ、そうだ」

「立川声でけー」

地面に転がっていた島崎が、呆気《あっけ》にとられたように呟いた。それで、立川ははっと口を噤《つぐ》んだ。

その場にいたギャラリー全員が、立川を見ていた。そりゃあそうだ。高校からの同級生は、文学少女な立川しか知らない。クールでドライでインテリジェント。それがさっきの大声。きっと体育館の中にまで聞こえたはず。

立川は私の腕を摑んで、さっと踵《きびす》を返して歩きだした。私は大人しく腕を引かれる。後ろで、なんなんだよ小峰、と、島崎が文句を言うのが聞こえたけれど、気にしない。いくつもの視線が背中を追うのを感じたけれど、気にしなかった。

立川は、体育館の扉の陰で立ち止まった。振り返った頰が少し赤い。自意識って大変。

私はそんな立川を、少しだけ愛《いと》しく感じた。

「ラメルノエリキサが、何なのかわかったわ」

立川が静かに言った。私はうなずく。

「たぶん、ね。賢者の石のことだと思う」

15

賢者の石。

中世ヨーロッパにおいて多くの錬金術師たちがその精製に人生を捧《ささ》げたとされる、卑金属を金に変える力を持った、奇跡の石。

それは、エリキサ、ティンクトゥラ等とも呼ばれ、一説によれば、死者を蘇《よみがえ》らせたり、不老不死の力を得られたり、空を飛べたりなんかもできてしまうという、まさに魔法の石だとか。

立川はその話を、「ハリー・ポッター」シリーズの中で知ったという。

「ニコラス・フラメルは、賢者の石の精製に成功したとされる、実在した錬金術師よ」

ふうん、と相づちを打ちながら、私はデスクトップの画面に目を滑らせた。

自習室には、私と立川の二人きりだった。体育の後、お弁当を碌《ろく》に味わいもせずに平らげると、私はすぐに邪魔が入らず落ち着いてネットを使えるこの自習室に足を向けた。

立川がついてきたのは予想外だったし、昼休みの終了を知らせるチャイムが鳴り響いても席を立つ気配を見せなかったのは、さらに意外だった。昼食後の五限は古典だったはず。それをサボりなんて、文学少女にはあるまじき。

「いいの？」

「なにが」

「授業、始まってるけど」

「小峰こそよかったの？ お昼、ランチを途中で抜けるなんて、仲良しグループのみなさんに睨まれるんじゃない」

立川の言葉に、私は眉を顰めた。

くだらない女子の不文律。けれど、それを全く無視できないでいる私がいるのは、事実だ。それを立川に指摘されることに、少しの屈辱を感じている。立川はいつも自分の席で、ひとりで昼食をとっている。立川が文学少女を気取りだしたのはもしかして、この女子コミュニティのしがらみから距離を置くためだったりして、と、私は考えたことがあった。

「大丈夫、葵がいるし」

私は信頼している友人の名前を出した。

それだけで、私にとっては弱みの吐露。けれど、それでもうこの話は終わりとしたかった。だって、そう。気になって気になって仕方がない繊細な女の子同士の友人関係よりも優先させるべきことが、私にはある。

復讐。実生活を犠牲にしだすなんて、やっぱり病的かしら。お姉ちゃんの顔がちらりと浮かぶ。

私は、隣の椅子に足を組んで、偉そうに腕まで組みながら私の操作するパソコンをのぞき込む立川の顔を盗み見た。もしかして、立川も私を心配しているのかしら。

短く息を吐き出して、私はディスプレイに視線を戻す。

賢者の石。エリキサ。血のような深い赤色をした石。

黄金錬成。不老不死。神の業。

ニコラス・フラメル、エリキサ、で検索し吐き出された情報に、私はつるつる目が滑るのを感じた。

素敵な魔法の石。オーケー。それで？

犯人は私に言った。ラメルノエリキサのためなんです、すみません。

それがフラメルのエリキサを指しているのだとしたら、つまり私はこの夢のような魔法のために、腰を九針縫うほど切りつけられたということなのかしら。それってなんだか、とってもファック。

立川も同じように感じたらしい。椅子の上で軽く背を伸ばすと「犯人ってファンタジーオタク？」と、フンと鼻をならした。

「でも、なんで女の子を襲うことがエリキサのためになるんだろう」

「わからない」

そう答えながら、私には考えていることがあった。

「賢者の石」、錬金術と聞いて、立川はハリー・ポッターを思い浮かべる。島崎はドラゴンズフロンティアの回復アイテムを思い浮かべる。私は、ママの勤める研究室の、吉野教授の鼈甲の眼鏡を思い浮かべる。二年前、初めて会ったとき、吉野教授は私に言った。自分は現代の錬金術師だと。

「やっぱさ、頭のおかしな変態が犯人なんじゃない」

立川の声には少しの同情が滲んでいた。それでいて、私に言い聞かせようとするような、なんとか説得を試みているかのような、そんなニュアンスも感じとれる。それはきっと、優しさだ。

「そうなのかな」

私はため息と一緒に言葉を吐き出した。気落ちしている風を装ってみる。立川に、吉野教授のことを話すつもりはなかった。

立川が軽やかに立ち上がり、両腕を上げて伸びをする。

「次の授業まで、どうしよっか」

明るい声で言いながら、窓際まで歩いて閉じていた窓を開ける。変わらずの曇り空だったけれど、先ほどまでより立ちこめる雲は薄く、ずっと明るさを増していた。私は立川の背中と、その向こうに広がる白い空を見つめた。

私は、いつ吉野教授に会いに行くかを考えていた。

16

結局私は、翌週の土曜まで待つことに決めた。

ママには知られたくない、というのが大きかった。土曜なら、ママは仕事が休みで、けれど教授はその日、午前中に一コマ講義が入っている。生涯学習者向けの、申し込み不要の公開講座。吉野教授の名前と大学名を組み合わせて検索すると、一番上に現れる大学のホームページに、そのスケジュールから講堂への詳細な地図までが親切に載せてあった。講座が終わるのを待ち伏せてもいいし、なんなら講義に参加したっていい。ホームページで予定されている次の講座タイトルを目にしたとき、私は思わず笑ってしまった。

——中世の科学と魔術。

それからの日々を、私は穏やかに過ごした。

目標が定まると、やっぱり気持ちが安定する。放課後には、久しぶりに由香と一緒に帰り、ずっと前から約束していたクレープ屋さんに立ち寄ったりもした。由香も私もずっと機嫌がよく、私たちはつき合いたてのカップルのようにべたべたと絡みながら歩いた。女の子同士にだけ許される、一切性欲の介在しない甘ったるい関係が、私はわりと嫌いじゃない。小さなころは、お姉ちゃんとも他の友達とも、そんなふうにじゃれあって過ごすことが多かった気がする。今はもう、そんなつき合い方ができるのは私のまわりでは由香だけで、きっと私は、そんな幼さから脱却しきれていないのだ。由香の場合は、たぶんそれが本質なんだろうけれど。

木曜になると、アドレスを交換した佐久間美月から退院を知らせるメールが届いた。今度お茶でも行きましょう、と、なかなかに元気そうだった。社交的で律儀ないい子。私はすぐにイエスの返事を打った。社交辞令なのか、本気なのかは、自分でもわからない。

送信、を選ぶ前にはっと気がついて、私は文章を付け加えた。

――M大学で文化人類学を教えている、吉野っていう教授を知らない？

返信はすぐに来た。

――吉野教授という人は、私はちょっとわからないです。でも、うちのいとこがその英文科にいますよ。聞いてみましょうか？

その日の夜。私は自室のクローゼット、その奥に積み上げられているシューズボックスの一つから、百十万ボルトのスタンガンを取り出した。

最後に使ったのは、確か二年前。仕舞うときに電池を抜いておいたので、買ったばかりの新しい電池をセットしなおす。部屋の中心に向かって腕をまっすぐに伸ばし、スイッチを入れた。バチバチバチ、と激しい音がして、先端の電極の間を青白い光が走る。オーケー、グリーン。私はすぐにスイッチを切った。

別に、吉野教授をスタンさせようなんて、本気で思っているわけではない。人目の多い講堂で、そんな馬鹿なことをやるつもりはなかった。私はただ、ちょっと話を聞きたいだけだ。

私が襲われたことに賢者の石的な何かが関係しているとして、その何かが吉野教授の専門分野と深く関わっているとして、では吉野教授が犯人なのか？　と聞かれると、それは違う、と私は思う。少なくとも、実行犯ではないはずだ。身長に、体型に、声。どれもある程度誤魔化しはきくだろうけれど、それにしたって限度がある。ひょろひょろと線の細い体に、不安定に高い声。あれはどちらかというと、学科の学生と言われた方がイメージに合う。

話を聞くだけ。スタンガンはただの保険というか、お守りみたいなもの。説明書にだって書いてあった。これは護身用です。

私は用意していた空き缶をスタンガンの電極に押し当て、溜まった電気をアースしながらベッドに仰向《あおむ》けに横たわった。目を閉じて、自分の気持ちを探る。とても静かに凪《な》いでいる。

「りなちゃん、お風呂あいたよー」

「はあい」

ドアの向こうから呼びかけるお姉ちゃんに、私は努めてのんびりとした声を返す。前にスタンガンを使ったときは、お姉ちゃんもなかなかに面白がってくれたものだけど、きっと、今は、怒られる。全く、つまらない女になってしまったものだ。

私は両足を高く上げて、反動をつけて起きあがった。スタンガンは、机の引き出しに仕舞っておく。着替えを持って部屋を出ようとしたそのとき、枕元で携帯電話が震えた。手を伸ばしながら、私は、なにか予感めいたものを感じる。

着信、久世刑事。


一番驚いたのは、三人目の被害者と見られるその女の子が、全く可愛くなかったことだ。

大山彩乃《おおやまあやの》、十六歳。私立の女子校に通う高校二年生。

厚ぼったい奥二重に、血色の悪い唇。同性で同い年だから、ちょっとシビアな見方になってしまうのは仕方がないとして、それにしても、可愛くない。重たい黒髪は写真でもわかるくらいに手入れが行き届いていなかった。これが正しい文学少女というものなのかもしれないわ、と、私は胸の中で立川に囁いた。

「今日の夕方、四時くらいね。場所は、市内の図書館の裏庭。でも、まだ詳しいことははっきりしないの。被害者の意識が戻らなくって」

「まあ、そんな……ひどいんですか？」

「発見が遅れたのが良くなかったですね。全く人が通らない場所らしくて。でも、一番危険な状態は越えたと聞いています」

テーブルを挟んでママと話す久世刑事に、私はそっと写真を返した。

「やっぱり、知らない子です」

「そう……。わかりました、ありがとう」

久世刑事は弱々しい微笑みを見せる。夜十時。目尻の動きがいつもより重たい。ここに来るまで、化粧を直す暇もなかったようだ。

前回同様、聞き取りを終えてすぐに席を立った久世刑事を、私とママは玄関まで見送った。

「夜分遅くに、申し訳ありませんでした」

「とんでもないです、大したお構いもできなくて……」

ママと久世刑事が、同じタイミング同じ角度で頭を下げる。私はただそこに突っ立って、ママの気遣わしげな顔を横目で見ていた。

「りなちゃん」

「え、はい」

初めて久世刑事に名前で呼ばれ、私は少し驚いた。

「ごめんね、犯人、なかなか捕まえられなくて。もうちょっと待ってて」

「あ、……はい」

久世刑事が玄関の向こうに消える。扉の陰からちらりと見えたパトカーの運転席にも、もうひとり刑事の姿が見えた。みなさん大変。

「みなさん大変ね」

私の後ろで、ママがそっと呟いた。

私が雑に適当に抱いた感想を、ママが心を込めて呟くものだから、私は少し後ろめたくなる。私の肩を、ママの両手がぎゅっと包んだ。

「りなちゃんが無事でよかった。今回の子も、本当に、大丈夫だといいんだけど」

優しいママ。完璧なママ。

私はといえば、被害者に抱いた感想なんて、今度はブスね、くらいのものだし、憔《しよう》悴《すい》気味の久世刑事にも犯人のヒントになり得る情報を平気で黙っていて、心配で心を痛めているママを無視して土曜にはスタンガンを持って大学に乗り込むのだ。悪い娘。だから、そんなふうに私を大切みたいに扱うのはもうやめて欲しい。大好きなママ。

私のことを愛していないくせに。

私はママの腰に腕をまわして、ぎゅっと抱きつく。

「ママってば心配性。大丈夫よ、こんなこと、そうそう起こんないって」

ママに意図して甘えるとき、最近の私は無意識に由香をモデルにしているみたいだ。

由香の腹黒さまで模倣して偽悪的になることで、私はちょっと楽をしている。

「……うん、りなちゃんは優しいね」

「えへ。あ、やだお風呂入り逃しちゃった。急がなきゃー寝不足になっちゃう」

そう言ってママから離れながら、私は久世刑事の話をゆっくり反芻《はんすう》していた。

市内の図書館。裏庭。

庭がある規模の図書館なんて、市内には一つしかない。明日、明日、明日の授業は、
まあ、なんとか、大丈夫。行ける、明日、行ってみよう。

私は、ママを裏切るのが好きなのだ。

17

グレートマザー、という概念がある。それは、人が大いなる母というものに対して、

心の奥底で抱く像。

母は二面性を持っている。

子供を慈しみ、守る、やさしい母と。

子供を支配し、食い潰す、恐ろしい母。

子供は、母の庇護《ひご》を抜け出し、母の呪縛を断ち切り、精神的な母殺しを経験して、自立し、大人になる。

バイ、ユング。

私のママに対する反抗心やらちょっとした殺意なんてものは、ユングさんなんかに言われちゃうくらいありふれた、古き良き思春期的感情らしい。

けれどママは、私を支配してくれない。私を食い潰してくれない。

ママは別に、私を愛してるわけじゃない。

そのことに気が付いたのは、小学校の、何年生だったか。一年生だった気もするし、六年生だった気もする。とても衝撃を受けたはずなのに、その辺の記憶はあいまいだ。

不信感なら、もうずっと昔から積み重なってきていた。

例えば、買ってきてくれるお洋服が、私の嫌いな色だったりとか、私のお誕生日会のメニューが、私の嫌いなものだったりとか、おやつに焼いてくれるクッキーが、私の嫌いな形だったりとか。

わがまま言ってんじゃねえクソガキ、と、言われてしまうだろう。

違う、ひとつひとつのエピソードなんてどうでもいいのだ。別にそこまでオレンジのスカートが嫌だったわけでもないし、誕生日にどうしてもハンバーグが食べたかったわけでもない。猫の形のクッキーを食べるのが可哀想でつらかったのも、本気で嫌だったのは幼稚園までだ。

ただ、ママの与えてくれる溢れんばかりの愛情が、私を絶妙にすり抜けていくのを感じていた。例えば、目線、口調、指先の動き。生活の中で発せられるささやかな愛情の信号が、私ではない何かに向かって飛んでいくのを私はどこかの触角で日々感じ取り、積み重ね、そしてあるとき気が付いた。

ママの愛情は私を素通りして、「ママの娘」という虚像に向かっている。

ママが愛しているのは、私じゃなくて、「自分の娘」という存在。

完璧なママを彩るための装飾品。

ママは私を見ていない。

そのことをはっきり認識したとき、私はガツンとショックを受け、けれど、割とあっけなく立ち直った。

それがどうした？　ママの娘として愛されてるならそれでいいじゃん。

完璧なママは完璧な母親を体現し、完璧な母親はもちろん娘を深く愛するものだから、そのための対象として、私は必要とされている。

オーケーオーケー。大好きなママのため、私はママが愛する私を提供してあげよう。

今は、ね。

私はいつか、ママの愛する「ママの娘」という像の前に立ちはだかりたい。これが復讐欲求なのか、ユングさんの言う精神的母殺しなのか、ただのいじわるなのかはわからない。けれどとにかく、これまで完璧なママの完璧な娘だと信じて愛を注いできた対象が、復讐癖と腐った根性と肥大した自己愛を持ち合わせた、この私だったと教えてあげたい。ママの作る完璧な家族をぶち壊したい。そのときのママの顔が見たい。

そして、昔ママが読んでくれた絵本に出てくる、恐ろしい悪い魔女のように、私は高らかに笑うのだ。

やっと気づいたのかい、馬鹿な娘だね！

イーヒッヒッヒ！

18

翌朝、私はいつも通りに準備をすませ、いつも通りの時間に家を出た。いつも通り、バス停への道を進み、けれど、ちょうど数週間前に私が刺された辺りの角を左手に折れ、通学路から外れる。三分ほど歩いてたどり着いたのは、いつかお姉ちゃんと一緒に遊んで知らない女の子たちと喧嘩した、あの小さな公園だった。

私はふたつ並んだブランコに腰掛け、鞄から携帯を取り出した。アドレス帳から発信する。高校の、職員室への直通番号。

「あ、もしもし、お忙しいところ失礼いたします。わたくしそちらでお世話になっております、小峰りなの母です」

ああどうもお、と、間延びした声が返ってくる。この声、現国の木野《きの》だ。私は絶対に見破られない自信があった。人の声真似《こわまね》には自信がある。声自体より、イントネーションを似せるのがコツ。「娘がちょっと熱を出して」と切り出すと、ああ、はいはい、と、すんなり欠席の話が通った。ちょろい。ママのふりの電話でサボりを勝ち取るのは久しぶりで、私は解放的な気分で嬉しくなった。

電話を切って、伸びをする。見上げると、空は青く澄んでいた。ひとつ、ふたつ、数えられる程度の雲。周囲の家からは細かな生活音が絶えず聞こえてきていたけれど、人の姿は見えなかった。私はしばらく、心地の良い孤独感を味わいながら、ぼんやりと時間をつぶした。

いろいろと考えを巡らせ、ウォークマンも付けずに頭の中だけで音楽を聴いていると、時間はすぐに過ぎた。携帯で時刻を確認する。九時十分。二限から授業のあるお姉ちゃんも、もう家を出た頃だ。私はブランコを下り、公園の出口へと向かった。キイキイと鎖の揺れるノスタルジックな音を背中で聞きながら、私は家への道を引き返した。

クラッシュデニムのスカートに、白のTシャツ。グレイのレオパード柄カーディガンを羽織って、先月買ったばかりのスニーカーを合わせる。私の髪は元々色素が薄いので、私服でいれば大学生に間違われることも多い。脱ぎ捨てた制服は、自分の部屋のクローゼットに掛けなおしておいた。今日は金曜。お姉ちゃんも帰りは夜近くになるはずだ。夕方までに戻れば大丈夫だろう。黒いレザーの鞄に特に考えずスタンガンをつっこみ、私は再び家を出た。

懐かしい。

駅からバスで十五分ほど先にある、絶妙に不便な立地の図書館を前にして、私はまずそう感じた。小学生の時、遠足で訪れたことがある。それから中学の時にも一度、何かの行事で来ていたはずだ。

質感の違う素材がモザイクのように組み合わされた、濃いグレイを基調とした建物。表のプレートによると、築五十二年にもなるそうだけれど、それにしては古めかしい感じはしない。正面ゲートからまっすぐ見据えると、ビルの建ち並ぶ街の中心から外れ、贅沢《ぜいたく》な土地の使い方をした三階建ての本館が、アシンメトリーな曲線を描いているのがわかる。

ゲートから、駐車場を横目に見る遊歩道を進み、エントランス、ロビーを抜け、さらに二重になった自動ドアを抜けた先に、温かみのある木目のフロアが広がっている。学校の図書室を思い出させる穏やかな雰囲気に、古い紙の匂い。気だるげな司書のいる受付の前は低い本棚の雑誌コーナーで、ゆったりしたソファにくつろぐ老人の姿が目についた。私は入り口から左手に折れ、立ち並ぶ本棚の間をぶらぶらと歩いた。絵本のコーナー、医学書のコーナー、新刊小説のコーナー。平日の午前中にしてはわりと賑《にぎ》わっているようで、本を選ぶ利用客とそれなりにすれ違う。

数分をかけて、私はフロアをぐるりと一周し終えた。二階も確か同じような造りで、映像系の視聴ブースなんかもあったはずだ。その上の三階には、貸し会議室や視聴覚室、ちょっとしたイベントフロアが入っている。そちらは見るまでもないと判断して、私は来た入り口から外へ出た。裏庭は、建物を外から迂回《うかい》しなければ一般の利用者は入れない。複雑な影を落とす、ささやかな現代アートのオブジェを抜け、私は草の匂いの強くなる方へと足を向けた。

立ち入り禁止の、黄色いテープ。

行く手を阻むように張られたそれを前にして、私はしばし考え込んだ。どうして気がまわらなかったのだろう。昨日の今日だ。現場保存が解かれていなかったとしても、なにも不思議はないのに。

昨日の、久世刑事の話を思い出す。あまり可愛くない被害者、大山彩乃が襲われたのは、図書館の裏庭入り口から延びる、敷地全体を取り囲むように長く広く造られた、ヘデラのアーチの中だという。

植物のアーチなんて、素敵。その話を聞いたとき、私の中の乙女な部分は確かにそう思ったのだけれど、なんというか、現実って厳しい。

ヘデラの繁殖力は悪魔的。というか、むしろエイリアン的な勢いで、黄色いテープの向こう、遠目に見える緑の植物のかたまりは、なんだか肉食獣のようにも見えた。季節は花咲き誇る初夏のはずなのに、他に見るべき植物も見つけられない。きっと、ヘデラに養分を吸い尽くされて、繊細な植物は死んだのだ。乾いた噴水と倒れたオベリスクが廃墟《はいきょ》めいた雰囲気を盛り立てている。きっと庭師も死んだのだ。庭師もヘデラが食べたのかも。先ほど目にした、美しく手の行き届いた本館の建物とのギャップをとても激しく感じた。

大山彩乃はどうしてこんな荒れた庭を訪れたのか。

けれど、私はそれについては特に真面目に考えようとは思わなかった。だって、そんな気分の時ってあるし。廃墟に惹《ひ》かれる気持ちがわからない人なんているだろうか。ひとり裏庭に迷い込みたくなる気持ちに、具体的な動機なんていらないだろう。

私はあらためて目の前の、黄色いテープに視線を向けた。決断を迫られている。

この立ち入り禁止を無視することは、一体どんな罪にあたるのだろう。きちんと六法全書に書かれている？　黄色いテープを越えるべからず。それはどのくらいの罪の重さ？

見たところ、裏庭の中に人の姿はない。刑事さんや鑑識の人たちも、もうここで行える仕事は終えてしまったということだろう。それはそうだ。だって、ここで死体が上がったりしたわけでもないのだから。そう、これは殺人やらなにやらの重大事件なんかではなくて、ほんのちょっとした傷害事件で、だから、大したことないはずだ。立ち入り禁止なんてテープだけ張っちゃって、見張りの人間の姿がないのもその証拠。つまり、私がちょっと現場を見せてもらうくらい、全然オーケーなはず。知らなかったで済まされるレベル。怒られたら謝ればいいし。オーケー、ゴー。

大山彩乃がどこで刺されたのか、その正確な地点を割り出すのは難しかった。

アーチは途切れ途切れに、けれど本館の背中に沿うように、長く続いている。

近づいてみると、ヘデラのかたまりはますます禍々《まがまが》しく、濃い葉っぱにまとわりつかれたアーチは侵食されているようにしか見えない。まばらに枯れ落ちた部分から覗《のぞ》くアイアンは、しゃぶりつくされたアバラがむき出しになっているみたいで不気味だ。むっとするような草の匂いも強く、その中に飛び込むことはとてもはばかられた。

私は雑草を踏みしめ歩きながら、なにか事件の目印になるようなものはないかと視線をさまよわせた。敷地の外に生い茂る背の高い木の落とす影で、土の上には細かな日が揺れていた。

頭の中で地図を描く。もう少し進めば、正面エントランスから建物を挟んで、真裏の地点に着くはずだ。

ふと、視線を上げた。本館の建物の、三階部分。そこが大きく裏庭側に張り出していて、ガラス窓の中には人の姿が見えた。展望ロビーかなにかだろう。そんなものがあるなんて知らなかった。もし気まぐれに庭を見下ろす人がいれば、私の姿だって見つかるはず。

私は覚悟を決め、少しだけ息を止めて、厚い緑の中に飛び込んだ。

アーチの中は、外より二、三度、温度が低いように感じられた。けれど、思ったほどの圧迫感はない。外からの印象とは違って、そこは両手を広げても余裕がもてるくらいの幅があったし、密集しているように見えた緑の葉も、初夏の太陽を十分に明るく透かしていた。足下に、点々と光の粒が落ちている。

先ほどまでより更にゆっくりと、私は歩きだした。大山彩乃がアーチの中に入ったのも、私のように人目を避けたいがためだったのかもしれない。だとすれば、襲われた現場も、もう近いのかも。

進むうちに、地面の上に数回黒い水たまりを見つけてどきりとしたけれど、それは本当に単なる水たまりに過ぎないようだった。その周辺は湿度が高く、すえたような臭いがする。夏になれば、それこそ全身の血が吸いつくされそうなほど大量のヤブ蚊が発生するに違いない。

私は、大山彩乃が気の毒になった。こんなところで刺されるなんて。

荒れた庭をひとりでふらふらしたいときに、邪魔が入るなんて最低。もし今後素敵な荒れ地を発見しても、もう彼女はひとりで入っていったりできないかもしれない。恐怖、トラウマで。私はミーナを思い出す。人見知りの恐がりな猫。

犯人が大山彩乃を狙ったのはどうしてだろう。人気のない場所に入り込むのを見つけて、急遽《きゆうきよ》襲うことに決めたのだろうか。それともずっと、チャンスをうかがっていた？　もしこれも、賢者の石がどうのなんていうファンタジーオタクの犯行だとしたら、ターゲットの選定方法なんて私には想像もつかない。大人しそうな子を狙ったとか？図書館で刺されちゃう辺りも含め、大山彩乃は立川も真っ青の純正文学少女。ああ、でも、もしかして、遠目で見ればふたりはわりと似ているかもしれない。大山彩乃の身長はわからないけれど、黒いロングヘアに、地味な佇《たたず》まい。そういえば、佐久間美月は葵に似ていた。どちらも似ている。私の友達に……。

　チャリ、と高い音がした。

考えに沈んでいた意識が浮上する。足下に落ちていた視線を上げる。アーチの中は、とりどりの緑、緑。

　私は足を止め、耳を澄ませた。

　さらさらとした、葉擦れの音しか聞こえない。でも、今、確かに聞こえた。高い音。金属音？

　私はしばらくじっとしていた。気のせいか？　そう思い始めたとき、ざり、と、砂を踏む靴音がした。

　後ろ。誰かいる。

　私は首だけで振り返った。誰もいない。私の歩いてきたトンネルはカーブのせいで数メートルほど先までしか見通せない。その更に奥だろうか。

　もう一度、ざり、という音がした。私は音から遠ざかるように歩きだした。速く、けれど、静かに。

　警察が戻ってきたのだろうか。

　けれど、なんの話し声もしなかった。音の数からいっても、相手はひとり。警官がひとりきりで、なんの用？

図書館の職員だろうか。実は生きていた庭師？　でも、庭の入り口には立ち入り禁止のテープが張ってある。それを勝手に乗り越えるなんて、大人がそんなことしていいのか？

心臓が、ドクドクと鳴っていた。筋肉が強《こわ》ばって、足が動かしづらい。また、足音がした。向こうも移動を続けている。私がここにいると気付いているのかしら。

私は、鞄の中のスタンガンの存在を強烈に意識した。右手をファスナーに伸ばす。でも、そんなものを手にとって、相手が警官だったらどうする？　職員だったら？　無関係の一般人だったら？

けれど、私は結局その黒い固まりを鞄から取り出す。右手に強く握り、親指をスイッチにのせる。

私の中の危険信号がけたたましく鳴っていた。どこかで聞いた言葉を思い出す。「犯人は現場に戻る」。

だって、もし向こうがクリーンな一般人だとしたら、どうしてそんなに息をひそめる必要がある？

私には、相手のじりじりとした息づかいや緊張が読みとれるような気がした。私の発する緊張も、向こうはキャッチしているかもしれない。

大きく葉の崩れた隙間から、日が筋になって射していた。私は目線だけで、そこから外を窺《うかが》う。本館の建物。小さな窓が等間隔に並んでいる。玄関から真裏の壁面はもう過ぎて、側面の角まで来ていたらしい。

正面に目を戻すと、およそ十メートル先に、アーチの切れ目があった。これまでと同じ造りなら、二メートルほどの間隔を空けて、次のアーチが続いているはず。

外に出るべきか、それともこのまま庭の終わりまで進むべきか、迷った。後ろを振り返る。まだ人影は見えない。自分の心音がうるさくて、足音がわからなくなっていた。耳が過敏になりすぎている。土を踏む音が聞こえる気もするけれど、気のせいかもしれない。どうしよう。いっそ走ろうか？

なにがきっかけだったのかわからない。そこで唐突に、私は転んだ。気がついた時には右膝が地面に着いていて、とっさに出した両手で何とか顔の衝突を防ぐ。スタンガンを握っていた右手は手首をぶつけた。キャッ、と、馬鹿みたいな弱々しい声が、口から漏れた。

それがきっかけになったのだろう。均衡が崩れたのがわかった。背後から、音。向こうが走り出した。

私はすぐに起きあがり、その勢いのまま駆けだした。クラウチングスタート。私が走り出したことに向こうも気づいただろう。もう、息を詰める必要はなかった。私は本気で、全力で走った。アーチの切れ目、そこから外に出て、とにかく最短で庭を出よう。
どこか、人のいるところへ。
明るく日の照らす出口、そこから飛び出す、その瞬間。
目の前を、人影が塞いだ。
光から闇へ。視界が一瞬で切り替わる。
私は弾《はじ》かれたように足を止め、その反動で後ろに倒れこんだ。思い切り尻餅をつく。
衝撃が突き抜け、けれど、何とか頭を上げ、その人物の顔を捉える。
その顔を見て、思わず、笑いそうになった。
だって、いかにも、いかにもすぎる。
真っ黒だ。
グレイのフードを被った、その奥。
黒の、目だし帽。
嘘でしょう?
ドラマ、演劇、コントのような。
こんなの、絶対笑ってしまう。
けれど私の口からあふれ出たのは、耳障りな高い悲鳴だった。
人影が一歩、私に近づく。

私の目はその全体を捉える。グレイのパーカー。ブルーのジーンズ。そして、手にナイフ。ナイフ。

私はまた笑い出しそうになって、けれどやっぱり、笑い声の代わりに悲鳴の音量が上がる。自分の声が周囲を震わせるのがわかる。それに触発されたように、人影がナイフを握った手を上げる。私にまた一歩近づき、立ち上がろうとした私の足は、ただ地面を滑る。どうして？

こんなの嘘だ。嘘。だって、なんて、嘘くさい状況。

それに、嘘じゃなかったら、私はここで殺される。

殺される。イヤだ。殺されたら、復讐が果たせない。

肺の中の空気が全て悲鳴で消費されて、私は息継ぎに喘《あえ》ぎながら、ナイフ越しに相手の顔を仰ぎ見た。黒の目だし帽。その穴から覗く、目。

その目が、暗く潤んでいた。

あ、と、気が付いた。

涙！

私は全くもって性格が悪くて、正々堂々とはほど遠い人格で、清らかさとは無縁の性根で、だから、その人物の潤んだ瞳を見たとき、その奥底に隠された怯《おび》えを見出《みいだ》したとき、その涙、を、見たとき、心が燃え上がった。

やれる、と思ったのだ。

いじめられっこの目。

こいつは、弱い。

やれる。

復讐の申し子たる私の前で、こんな目をしたやつは獲物に過ぎない。

私は右手のスタンガンを握り直し、腰をひねった。相手の足下、左側にすべりこむ。そしてその先端を、相手のジーンズの足首の辺りに力いっぱい押しつけた。後は、昨日練習したとおり。スイッチ。その瞬間、バチバチと音が弾ける。

ヒュオッ、と、息を吸い込む音と悲鳴が混じったような声が聞こえた。電撃を受けた相手の左足が、弾かれたように上がる。そいつはそのままバランスを崩し、たたらを踏んだ。ナイフを持った右腕が下がる。私はそこを狙う。跳ねるように起きあがった私を、相手は追いきれていない。目だし帽って、視界が悪そう、バカね。私は腕を伸ばす。相手の右腕、手首を狙いスイッチ。けれど、タイミングが早すぎた。電極があたる前に、音に驚いた相手が腕を引く。まずい、と感じたのは一瞬で、相手がナイフを取り落としたとき、私の口元には笑みが広がる。よっぽどびっくりしたのかな。この音、怖いものね。中腰の私は相手よりはるかに速くナイフを拾う。バランスを取り戻せないままに後ずさりかけた相手を見据えながら、私には次、どこを狙おうか考える余裕さえある。皮膚の薄い場所が特に痛いらしい。説明書に書いてあった。

私は相手の首筋を狙い、立ち上がった。腕を伸ばす。スイッチ。スパーク。相手が両腕を上げてガードする。私はかまわずつっこみ、電極を腕に押しつける。おああ、と、今度ははっきり悲鳴があがる。相手はもんどりうって後ろへ倒れ、腕を押さえながら地面を這《は》う。

そこがちょうどアーチの出口で、うめき声を上げ苦しむその人物を、まばゆい陽光が照らしていた。

その光の中へ、私も一歩踏み出して、倒れた人物を見下ろした。暖かい。ドクドクとうるさい心臓と、その光の暖かさが不釣り合いに感じられた。

なんだ、簡単。

さあ。

私は大きく息を吸い込んだ。

さあ、さあ……。

「りなちゃん！」

絶叫に近い声がした。

顔を上げる。

アーチの外。お姉ちゃんが立っていた。

お姉ちゃん？

どうして？

どうしてお姉ちゃんがここにいるの？

大量に湧き出した疑問符に、頭の中が満たされる。それでも、私は、お姉ちゃんの姿、それだけで、泣きそうになっている自分に気が付いた。これは、安心。安心しすぎて泣きそうだ。

お姉ちゃんがいる。

お姉ちゃんがきてくれた。

私を助けにきてくれた。

そのとき、うめき声を上げていた人影が、よろめきながら立ち上がった。その足が、裏庭の出口、外へと向かう。

逃げる。逃げられる。

私は当然追いかけようとした。

足を前に出そうと持ち上げ、地面を捉え、けれどそのまま、私の膝はがくっと崩れた。あれ？　と思うと同時に、視界がすとんと落ちた。尻餅をつく。本日二度目。驚いて、立ち上がろうとした足に、力が入らない。

人影の背中が遠ざかる。前にも同じことがあった。刺されたときだ。あのとき私は、その背中に叫んだ。絶対ぶっ殺してやると。なのにまた、逃げられる。

もう一度立ち上がろうとした足が崩れて、腰が抜けたのだ、と、やっとわかった。

お姉ちゃん。

お姉ちゃん、捕まえて、あいつを。

言いかけた言葉を、私は飲み込んだ。

お姉ちゃんが、じっと私を見ていたからだ。私だけを。

陽光の中、草の上に立つお姉ちゃんの髪は風にふわふわと揺れて、重厚な本館を背にしたその姿は、どこか外国のお姫様のように見えた。それとも緑の妖精さん。裾の膨らむグリーンのワンピースが、とてもよく似合っている。

そのお姉ちゃんが、細い細い両手の指を口元に当て、私を見ている。全くの無表情で、けれどその美しい頭部の中で、目まぐるしく思考が回転しているのが私にはわかった。

そのまま数秒、私たちは見つめあった。あいつが、犯人が、逃げてしまう。ちらりとそう思ったけれど、私は目を逸らすことができなかった。そして気がついた。お姉ちゃんが見ているのは、私じゃない。私の、手。

「りなちゃん……なに、持ってるの。それ」

右手にスタンガン。

左手にナイフ。

オーマイゴッド。

「ちがうのお姉ちゃん、誤解しないで。これ、犯人が持ってたのよ。こんな危ないもの、私が持ってるはずないじゃない」

私は左手のナイフをひらひら翳して見せた。そこで私も、初めてそれをはっきりと見た。両刃のバタフライナイフ。刃渡り十五センチといったところ。刃も持ち手もシルバーで、すっきりと洒落《しゃれ》たデザイン。これが私の腰を切ったのかしら。

けれどお姉ちゃんは、眉を顰めて私の右手を睨む。

スタンガン。うん、そうね。

「ああ、こっちは私の。そう、あのとき買ったやつ。護身用よ、もちろん」

「……今の」

お姉ちゃんは、犯人の走って行った方へと顔を向ける。当然、もうそこには誰の姿も見えない。

「犯人だと思う。たぶんね」

また、逃がしてしまった。

「顔を見たわけじゃないけど、グレイのパーカー、たぶん私が襲われたときと同じの着てた。体格も近い感じがしたし、声も」

私はそこでいったん言葉を切る。お姉ちゃんがまた、私を睨んでいたからだ。今度は、暗い目で。

私は、にこやかに笑いかけた。

「私、危なかったのよ。ピンチだったの、ほんと、殺されてたかも。お姉ちゃんがきてくれてよかった。ほんとよかった。でもなんで？　なんでわかったの？　私が」

「凜《りん》ちゃんから連絡があったの。りなちゃんが学校休んでるって」

凜ちゃんって誰だ？　と考えて、ああ、立川がそんな名前だったと思い出す。

「ナイス立川」

「昨日話してたでしょ。刑事さんと。また通り魔出て、今度は、ここの図書館って。で、もしかしてって来てみたら、叫び声みたいな、あれ……」

「ああ」

そういえば私は、叫んだり喚《わめ》いたりしたのだった。恥ずかしい。建物の中にも聞こえただろうか。人が集まってきたりしたら、とても恥ずかしい。

「とりあえず、出よっか、ここ。立ち入り禁止みたいだったし、移動しよう。でも私、立てるかなあ」

お姉ちゃんは大きく息をつきながら私に近づき、ぐいっと腕をつかんで引き上げた。その力の強さと乱暴さに、お姉ちゃんの私に対する強いなにかを感じたけれど、私はあえて明るく、ありがとう、と言った。

足はまだ若干頼りない感じがしたけれど、歩くのに問題はなさそうだった。私はアーチの中に落ちていた鞄まで戻り、その中にスタンガンと、バタフライナイフを折り畳んでつっこんだ。

振り返ると、こちらを睨んでいたお姉ちゃんがさっと踵を返した。やや早足に、歩き出す。私は黙ってついていった。

お姉ちゃんの車はよく目立つイエロー。「トランスフォーマー」のシボレー・カマロみたいで素敵。軽だけど。

そのドアをお姉ちゃんは乱暴に開き、乱暴に乗り込み、乱暴に閉めた。私はそっと助手席に乗り込む。図書館の駐車場。車はだいぶ斜めに止められていた。

「心配かけてごめんね」

媚《こ》びたような声になってしまったけれど、私は心から言った。本当に、悪いとは思っているのだ。

「心配……」

お姉ちゃんはエンジンをかけながら、静かな声で呟く。それから両手でハンドルを握りしめて、背中を伸ばした。ため息をつく。

「さっきの、ナイフ」

「うん」

「本当に、犯人のものなの？」

「もちろん。当然じゃない」

私は笑って答えた。お姉ちゃんはまた、短く息をつく。

「犯人が、落としたの？」

「そう。もみあうみたいになって、それで」

「じゃあ、それ、警察に届けなきゃ」

「え？」

意外な、けれど当然の提案に、私は焦った。

「いやいや、うーん、そうなんだけど、だけど私、ナイフ触っちゃったし。指紋とかとられたら困るかな。あの場所にいたことも知られたくないし、ね、いいんじゃない。わざわざ届けなくても。なんなら私、久世刑事に連絡しとく。ほら、昨日の美人の刑事さん」

「りなちゃん」

お姉ちゃんが低く呟く。少しの沈黙。そしてまた、口を開く。

「お姉ちゃんはりなちゃんが信じられない」

お姉ちゃんはシートベルトを締め、ギアを倒す。そのまま静かに車は動き出す。私もシートベルトを伸ばした。上目遣いにお姉ちゃんを窺う。無言。車は駐車場を出て、左手に折れた。横目に見える図書館のグレイの建物が遠ざかる。運転は、荒くはなかった。

お姉ちゃんはそのまましばらく無言で車を走らせた。警察署に向かうつもりかしら、と思った。

私を信じられないと言ったお姉ちゃん。それはいったいどの点においてだろう。

ナイフが犯人のものだと信じてくれたなら、お姉ちゃんは警察署にナイフを届けて、とっとと犯人を捕まえて欲しいと思うはず。指紋や、流通ルート。凶器はとびきりの情報源になるだろう。お姉ちゃんにとって事件の解決は犯人の逮捕。それを逃す手はない。でも、私は違う。警察に先を越されるのはごめんだ。その手助けになるようなものは渡したくない。私の胸にはじわじわと、犯人を取り逃がしたことへの悔しさが染み出していた。

とびきりのチャンスだったのに。私の手には武器があって、犯人の手は地面についていた。なんでもできる状況だった。本当になんだってできたのに。

敗因はひとつ。私の腰が抜けたこと。

情けない。どうしてあの完璧な勝利のタイミングで、腰を抜かしたりしたのだろう。

車が見慣れた道に出た。駅から家のある住宅街へと続く大通り。おや？　と思う。家に帰るつもりかしら。警察署に寄らずに？

「りなちゃんは、ちょっと誤解してるかもしれない」

幅の広い交差点で、タイミング悪く赤信号に止められたとき、お姉ちゃんが唐突に沈黙を破った。

「お姉ちゃんが一番心配してるのはね、一番恐れてるのは、りなちゃんが危ない目にあうことじゃないの」

その声は、特別冷たいわけでも、激しいわけでもなかった。いつものお姉ちゃんの、少しだけ鼻にかかった柔らかな声。けれど、私にはどこか不自然に、不気味な響きをまとって聞こえた。シートの上、私の体は固くなる。

「お姉ちゃんが本当に心配してるのは、りなちゃんが誰かを殺すこと。加害者になること。警察のお世話になること。それってすごく迷惑だから」

お姉ちゃんはハンドルから手を離し、座席にもたれ掛かる。くつろいだ雰囲気。

私の口の中には、唾液が溜《た》まりはじめていた。

「私、平和に生きていきたいんだ。大げさじゃなく、これからの人生ね。加害者の姉になりたくないの。りなちゃんがちょっと病気気味なのも、ママに反抗したいお年頃なのも知ってるけど、でも、今日とか、最近ちょっとやりすぎ」

お姉ちゃんはすらすら喋る。私は唾すら飲み込めないでいるのに。喋り続ける。

「だからね、誰かを傷つけて犯罪者になるくらいなら、いっそ殺されて欲しいな。お姉ちゃん、被害者の姉の方がいいもの。もちろんすっごく悲しいけどね、そっちの方がマシ。お姉ちゃん的には」

信号が青に変わる。車はスムーズに動き出す。

「だから、つまりね。馬鹿なことはもう止めて。それができないなら、迷惑かけないように死んでくれないかな。それが、お姉ちゃんがりなちゃんに望んでること」

19

ベッドで目を覚ましたとき、全く悪い気分でなかったのは、見ていた夢のおかげかもしれない。細かくは思い出せない。けれど、幸せな気持ちになれる夢だった。ママが出てきたような気がする。大好きなママ。娘の私を愛しているママ。

頭が覚醒してきて、昨夜眠りにつく前の気分を思い出すと、一瞬で夢の余韻が消えた。枕に額を押しつける。グロッキー。二日酔いって、こんな感じだろうか。

図書館からお姉ちゃんの軽のバンブルビーで帰宅した後、私たちは一言も口をきかなかった。お姉ちゃんはそのまま大学に引き返し、私は途中から学校に行く気にはなれず、夕方まで大音量のデスメタルと共に自分の部屋に引きこもった。

ママとパパが帰宅して、和やかに夕食を取った。お姉ちゃんはサークルの飲み会。私は超特急でお風呂に入り、ベッドに入った。最悪の気分のままで。

携帯に手を伸ばし、時計を見る。午前九時。

私は這うように体を起こした。行かなくてはいけない。今日は土曜日。吉野教授の講義の日。

顔を洗って服を着替える。昨日と同じデニムスカートにハイソックス、ストライプのシャツを合わせた。大学生風のつもり。

リビングに入ると、お姉ちゃんがいた。ダイニングテーブルでコーヒーを飲んでいる。オーケー、想定内。私はとびきり明るい声を出した。

「お姉ちゃん、おはよー」

私は返事も待たず、お姉ちゃんの方を見もせず、キッチンに飛び込んだ。バゲットを切って、その場で立ったままチーズと一緒にかじる。最後にオレンジジュースを流し込んで、リビングに戻るとママがいた。

「おはようりなちゃん。あら、出かけるの？」

「うん、お出かけー。お昼ご飯はいらないね。あ、もしかしたら夜も遅くなるかも。そしたら連絡するから」

由香モードの陽気さで私は言う。

「はいはい。どこにお出かけなの？」

「うふ。なーいしょ」

　お姉ちゃんがこちらに顔を向ける気配がした。私は昨日と同じ鞄を背負い、まっすぐお姉ちゃんに向き直った。

「行ってきまーす。じゃあね、お姉ちゃん」

　できることならウインクでもかましてやりたかったのだけど、そちらは練習不足。私が得意なのは舌打ち。ここでは我慢。

　私は軽やかな足取りで玄関を出た。歩きながら、私の態度をお姉ちゃんはどう捉えただろう、と考えた。私が復讐を諦めていないと、わかってくれたかしら。

　昨日のお姉ちゃんの言葉は私の心をざくざく刺した。私はお姉ちゃんに愛されていると思っていた。私が愛しているくらいには。ママとは違って、私のことを、愛してくれていると思っていた。びっくり。死んで欲しいと思われていたなんて。

　けれど、それならもう、どうでもいい。

　私の死を望んでいる人の言葉なら、私は気にしない。迷惑をかける前に死ね、と言われても、残念、ごめんなさい。私は死ぬつもりはないし、復讐を止めるつもりもない。お姉ちゃんの吐き出した本音になんてなにひとつ乱されない私を見て不安に悶《もだ》え苦しめばいい。お姉ちゃんのバカ。

　きっと、私はそれなりにショックを受けて、ふてくされて、やけくそになっている。

鞄の中のナイフとスタンガンの存在が、そんな気持ちを煽っている。

ああ、でも、残念だ。やっぱりお姉ちゃんには、愛していてほしかったな。

私はお姉ちゃんに、同じチームでいてほしかった。パパは外野だから。コートの中の三人で、二対一になるのは嫌だった。


私は玄関を迂回して、そのまま家の庭に出た。

ガーデニング好きのパパが丹精込めて世話をしている草や花、日曜大工のベンチなどが置かれた庭の隅に、プレハブの物置がある。

物置のすぐ横、紫陽花《あじさい》の花の根もとに、ミーナのお墓がある。

私はその正面に立って、墓石代わりのガラスのペーパースタンドを、しばらくの間見下ろした。

おととしの秋、ミーナは悪性腫瘍で死んだ。十二歳だったから、寿命といえば寿命だろう。最後はママにすり寄って眠り、そのまま目を覚まさなかった。

クソガキしおちゃんに足を折られてから、家族以外には懐かなくなった恐がりな猫。

そう、あのときから、ミーナは家族以外には懐かなくなり、そしてなぜか、家族の中でも私にだけは近寄らなくなった。

その理由を、必死に悩んだこともある。復讐のせいかしら、と考えたことも。

私がしおちゃんを階段から突き落としたりしたから、これはヤバい人間だと思って怖がっているのかしら、とか。それとも、私が無宗教のくせにハンムラビ法典を参考にして、しおちゃんを殺さずぬるい復讐で落ち着いたから、怒っているのかしら、とか。

本当は、そんなことは関係ないとわかっている。

人間と動物にだってきっと相性というものがあって、私とミーナは単純に馬が合わなかったのだ。警戒レベルの上がったミーナに、私ははじかれた。ただそれだけのこと。

私の復讐は完全に独りよがりなもので、ミーナにはきっと、良い部分でも悪い部分でも、なんの影響も与えられていない。そういうものなのだ、復讐って。それでいいの。

イライラ、怒り、悲しみ、復讐への情熱。そんな強い感情の渦に隠れて、不安を抱いている私がいた。けれど私は、その不安の正体を十分に検分することなく、ミーナのお墓を立ち去る。

バスに揺られ、そして、約一時間後。私は大学の正門前にたどり着く。

遠くに見える、赤煉瓦《あかれんが》の建物。右手には白樺《しらかば》の並木。左手には、高校のグラウンドが二つは入りそうな、広い芝生。明るいグレイのアスファルトの上を、私はゆっくりと歩いた。

道沿いのベンチには、お弁当を広げる人の姿がちらほら見えた。芝の上に直接寝そべって、なにやら笑いあう人たちも。昼時の太陽は暑いくらいで、日陰の方が人気があるようだ。案内掲示板の前で立ち止まり、私はホームページでも確認した教室の位置を確かめた。人間文化学科講堂、一階の大教室。一番大きな赤煉瓦の、さらに奥の建物のようだ。テラスにもなっている校舎沿いを歩きながら、私はその時間を楽しんだ。風と緑の匂い。そんなもので、気持ちはゆるやかに回復する。

教室は、思っていた以上の賑わいを見せていた。集まっている人のほとんどが中年か老人で、講座を通して仲良くなったのか、常連同士はそこかしこで話に花を咲かせている。少し迷って、私も講義を聞いてみることにした。若者と呼べるような人は、私の他にOL風の女性がひとりいるだけで、浮いてしまうのは避けられないように思われたけれど、どうせ吉野教授には話を聞くのだ。外をうろついて不審に思われるよりいいだろう。私は教室の一番後段の端の席を取り、ポーズのために持参したノートを広げた。

やがて現れた吉野教授は、二年前に会ったときと全く変わっていなかった。あの年代の男性にそうそう激しい変化などおきるものではないのかもしれない。けれど、あまりにも同じすぎる。

鼈甲の大きな眼鏡に、横わけにされたまっすぐな黒髪。はっきり覚えているわけではないけれど、着ている服さえも、もしかしたら同じものかもしれない。吉野教授はリラックスした様子で教室に入ってくると、ぐるりと聴衆の座る席を見渡した。私と視線が合うと、一瞬そこで目を留めた。私を覚えているのだろうか。けれど、吉野教授は特に大きな反応は見せず、そのまま自然に目を逸らした。

マイクのハウリングをきっかけにして、講義は始まった。

テーマは、中世の科学と魔術、そして、その生贄《いけにえ》。タイトルを聞いただけでは、私にはまったくピンとくる所がない。聞く方にも専門知識が求められる高度な内容だったらどうしよう、と思ったけれど、講義はくだけた、くつろいだ雰囲気で進められた。単位を与える通常の学科の授業とは違って、この講座は吉野教授の専門分野の中でも、さらに趣味の領域に近い内容らしい。吉野教授は自由に楽しそうに話し、時折上がる質問の挙手に応えた。

私は真剣に話を聞いた。あまりテーマには縛られず、飛躍し、脱線する吉野教授の話を真面目に追いかける。たぶん、この教室の誰よりも真剣に。どこかで、エリキサや、ニコラス・フラメル、賢者の石の名前が出ないか、待ち続けた。

「……はい、ここまでお話ししてきたのは、宗教の世界でのエピソードが主でした。いや、生贄、なんて物騒な言葉を使うと、みなさんやっぱり黒魔術やら悪魔崇拝なんかを思い浮かべるでしょうからね。でもねえ、中にはそういった信仰的な意味合いとはちょっと違って、どちらかといったら科学なんかのためにね、多くの贄《にえ》を求めた歴史も深いんですよ。有名どころでいったら、エリザベート・バートリーあたりはみなさんも、聞いたことあるんじゃないかな」

「彼女はハンガリーの結構な貴族だったんだけどさ、自分の美肌のために何百人もの若い女の子を殺したって云《い》いますね。若返りのために悪魔と取引なんてのはよくある話だけど、彼女の場合、女の子たちの血をそのまま肌に塗り込んでたって話だからね。美容液としての効果を期待したわけだ。血の成分に科学的な効果があると思ってたのか、魔術的な何かだったのかはわかりませんけどね。まあ、古くから世界中のあらゆる文化圏で処女の血に力があると考えられていたってのは、先月の講義も聞いて下さった方は覚えてるかな。賢者の石の材料にもうんぬんって話、しましたよね。血に限らず、処女になんらかの力があるって考え方は今も健在で、ネパールでは今も幼い女の子を生神さまとして信仰する文化が……」

私は、もちろん聞き逃さなかった。


「先生」

私の呼びかけに、吉野教授は重たそうな顔を上げた。

私の姿を確認すると、教授は何かメモを取っていた手を止めて、鼈甲の眼鏡に触れた。

「ああ、はいはい、あなたね。どうでした？　講義は」

「えっと、面白かったです」

「それはよかった。君くらい若い人はめずらしいよ。うちの学生？」

「あ、いいえ。違います」

「そう。勉強熱心なんだ」

教授はうれしそうに笑った。二年前、ママの自慢話を聞かせてくれたときと同じ笑顔。

「君、名前は？」

「あ、えっと、立川です」

教授はやっぱり、私のことはわからないようだった。毎日たくさんの学生の顔を見ているのだ。若者の顔なんて、いちいち覚えていられないのかもしれない。私にとっては都合が良い。今日の訪問がママにバレないように、口封じの必要がなくなった。

「あの、先生。私、今日の講義について、ちょっと聞きたいことがあるんですけど」

「ああ、よろしいですよ。なにかな」

吉野教授は愛想のいい笑顔のままで言った。

私はちらりと周りを見た。講義が終わり、扉が開け放たれたままの教室には未《いま》だ何人かが留《とど》まっていた。固まってお喋りをする一団に、昼食をとり始める人がちらほら。次の講義の組まれていない教室は、自由に開放されているようだ。

私は声をひそめた。

「あの、講義の中で、賢者の石の話をしてらっしゃいましたよね」

「あーあ、賢者の石ね！」

教授の大声に、いくつかの視線が集まるのを感じた。

「そうそう、僕ね、好きなんだよ、錬金術。いや実際、僕は一部では錬金術師を自称してるくらいだからね」

「あの、それって」

「君も興味あるの？　錬金術。僕は弟子をとるほどのもんじゃないんだけどさあ」

「いえ」

「ああ、賢者の石の話なら、前回の講義に是非来て欲しかったなあ。初回から二回続けてやったんだよね。でもさあほら、うさんくさい感じがするでしょう、あんまりそればっかりだと、ねえ」

「でも」

「いや、真面目な内容なんだよ？　確固たる歴史に基づいた文献を参考にしながら、新しい視点も取り入れて研究してるわけだからね」

「あの、先生」

私は教授の息継ぎの瞬間を狙って、なんとか質問を挟み込む。

「それは、先生がひとりで研究なさっているんですか？　それとも、学生も手伝いをしてたりとか？」

「まさかまさか。学科の学生はこんな話ぜんぜん興味もってくれないよ。錬金術だの賢者の石だのなんて、オカルトでしょ？　って感じでさあ。そんなの卒論のテーマにしたら就職に響きますよって言われちゃった。最近の若い子にとってはアレだね。賢者の石って、ゲームとかアニメの中のアイテムなんでしょう。ああ、あと、ハリー・ポッターか」

「じゃあ」

「あ、でも前回、君よりもっと若そうな子が熱心に講義聞いてたなあ。君みたいにね、授業の後質問にも来てくれたし。今日はいなかったよなあ？　いやあ僕、人の顔って覚えられないんだよね。名前を覚えるのは得意なんだけどな。うん、でもいなかったよね、若い男の子は」

男の子。

若い、男。

「それ」

急な話の転換に、思わず出した声が裏返る。

「どんな、男の子でしたか」

第六感、なんて言ったら、それこそオカルトじみた話。けれど私の直感が、なにかに震えていた。うなじの毛がぞわりと逆立つ。

「いやあ、どんなって、別にふつうの、イマドキの子だよ」

「どんな質問をしてました？　なにか……エリキサのことは、聞いてませんでした？」

「うん、聞かれたよ」

教授はケロリと答える。

「賢者の石の材料とかさ。諸説あるから難しいけど、まあ水銀とか硫黄とか、その辺が主だとされてるよね。あとは塩だとか、真水だとか……そうそう、今日の話にもでてきたけど、処女の血なんて話もあるよ」

その瞬間。

私の頭の中で、シナプスがチカッと光った。

点でしかなかった情報が、手を取り合い、結びつく。その光に、一瞬頭がくらくらした。だから、次に発せられた吉野教授の言葉を、私は朦朧《もうろう》と聞くことになった。

「ちょっと変わった子だよねえ。たしか名前、篠田君って言ってたな」

20

私は処女である。

そんなことはどうでもいい。本当にどうでもいい。

性交の経験の有無なんて、臨死体験とか、殺人の経験の有無なんかに比べたら、ほんの些細《ささい》でささやかなこと。せいぜい、スカイダイビングの経験とか、リストカットの経験とか、その程度。

けれど私は、周りに嘘をついている。

見栄なのか？　と聞かれれば、イエス、だけど、違う、そういうくだらない見栄とかじゃなくて、でも、そんなことはどうでもいいの。

大事なのは、みんながそれを信じているということ。みんな、つまり、由香や葵や立川、その他女子および男子たち。みな、私を「経験者」だと信じている。もちろん声高に主張したわけではないけれど、そういう情報は、じわじわと確実に浸透し、コミュニティ内での共通認識になるものだ。高校の入学を境にして、私はその、思春期における「先駆者」だというふりを、してきたから。

真実を知るのはただひとり。

篠田。

だから私は、吉野教授が篠田の名前を出す前に、もうそのことに気が付いた。

エリキサの製造に、興味をもった人間がいる。

そいつは処女の血がエリキサの材料になるというオカルトを真に受ける。そして、材料を集めはじめる。「材料」に適合する人間を、襲い始める。私がそうだと知っているのは、篠田だけ。

ふう、と、私はため息をつく。教授の話を聞いてから、もうずっと胸がどきどきして落ち着かない。まるで恋わずらい。

駅構内の喫茶店で、私はバスを待っていた。

教授と別れた後、大学の生協で買ったパンを学内で食べ、その後駅に戻った後もふらふらと寄り道をしていくつかの確認をとる間に、日は傾きかけていた。それから目的地までの時刻表を確認すると、一時間に一本しかないバスをちょうど逃したところだとわかった。土曜は本数が少ないのだ。

とりあえずと落ち着いた喫茶店でココアを飲みながら、私はこれからの行動を思い描く。

第六感的なひらめき、ただの思いつきでしかなかった考えは、私のなかで確信へと変わっていた。私は犯人を見つけだした。あとは目的を果たすだけ。

今、私は害された状態にある。

理不尽な暴力を受けて、右腰には傷が残った。いろいろな不便を強いられたし、夜道で音楽を聴くときには不安を覚えるようになった。とても不快で、許せない。

傷は消せないし、時間は戻せない。でも、こんな風に害された状態のまま生きていったら、私は歪んでしまう。歪んでしまった私を、私は愛せるだろうか。自分自身にすら愛されなくなるなんて、耐えられない。

私はすっきりする必要がある。


温かいココアを舌の上にのせる。

どきどきと脈打つ胸をうっとうしく感じた。まるで恋わずらいだけれど、もちろん恋わずらいではないこれは、緊張？　武者震いかしら。

今まで行ってきた、数々の復讐を思い返してみる。こんなふうになったこと、今までもあっただろうか。

ミーナのときは、覚えていない。淡々としていた気がするけれど、この記憶もあっているかどうか。

意地悪く無視してきたクラスメイトを殴ったり、触ってきた変質者の指を折ったりしたときは、突発的なことで緊張する間もなかった。スイッチ、ゴー、そんな感じ。

クラスの気弱な男子生徒を陰湿にいじめて私の気分まで害した中年の国語教師に復讐したときは、準備期間を沢山とった。ネットで注文したスタンガンが家に届いて、説明書を読みながらお姉ちゃんとはしゃいだ。その間も、緊張していた記憶はない。むしろワクワクしていたような。

なぜ今、私は緊張しているのだろう。

私は怖い。自分が怖い。
携帯が光った。テーブルの上、ココアの横。画面に現れた「お姉ちゃん」の文字に、胸がぎゅう、と締め付けられる。低い音をたてながら震えるそれを前に、私は動くことができなかった。画面を睨んだまま、文字が消えるのを待つ。やがて携帯はぴたりと停止し、私はココアに手を伸ばす。ゆっくりと味わいながらその一口を飲み込んだとき、今度はメールを受信した。恐る恐る、手を伸ばす。送り主は、やっぱりお姉ちゃんだった。

――りなちゃん、どこにいるの?

その文面を理解して、私はほとんど反射的に、ないしょ、と文字を打ち込んだ。送信、に指を伸ばしかけ、けれど、そこで止めた。デリート。新しく、文字を打つ。

――駅だよ。

自分の送った短いメッセージを眺めながら、私はお姉ちゃんの返事を待った。今、お姉ちゃんがなにを考えているのか、思い描きながら。画面右上に表示されている時刻を見る。分の表示が一つ進んでしばらくすると、返信が届いた。

——夜まで帰ってこれる?

——帰れない。

今度は、思い浮かんだ言葉をすぐに返した。返事を待たずに、続きを送る。

——犯人がわかったの。今から行く。

——復讐しに。

時刻の表示がまたひとつ進む。

もうバスが来る。半分残ってしまったココアのカップを手に、私は席を立った。

バスの中で、音楽を聴いた。

日本語を聞く気分ではなく、けれど人の声は聞きたかった。私はパインフォレスト・クランチの「バービー」でザッピングの指を止め、繰り返し何度も聴いた。

オーサ・エクルンドの妖精のような高い声に、瞼の裏にブルーが浮かぶ寂しいメロディ。脳が少しだけクールダウンした気持ちになる。バービーは孤独を感じている。

窓の外は青とピンクのグラデーションへと変化していた。ビルの隙間、とぎれとぎれに薄く沈んでいく太陽が見える。目の表面が、ぼんやりと熱くなった。

降りるバス停を忘れていないか心配だったけれど、その必要は全くなかったようだ。「その」バス停にさしかかった時、私は迷わず降車ボタンを押した。

道もきちんと覚えていた。左手に小さな児童公園。まっすぐ進んで、広い十字路を左、その次の小道を右。

歩きながら、私は鞄に入れたままだった携帯を取り出した。着信が二件来ている。どちらもお姉ちゃん。それから、メールが一件。

——りなちゃん、帰っておいで。

一瞬、私は泣きそうになりかけ、でもならない。遠くに涙の気配を感じたけれど、あまりに遠すぎて霧散してしまう。私は少し迷って、立ち止まってメールを返す。

——着いた。篠田の家。

送信。それから、続きを打ち込む。

――前にお姉ちゃんが言ってたことが正しかったかも。私、今なんだか怖い。本当に殺しちゃったらどうしよう。犯罪者にはなりたくない。でも、私が受けた害を返すには相手を殺すくらいしないと、イーブンにはならない気がするの。気が済まない。すっきりしない。それじゃダメ。歪められたまま生きていくなんて私には無理。これって強迫観念かな。

私は思いつくままに文字を打つ。それが本心なのか、お姉ちゃんへのフェイクなのかもわからない。けれど、ああ、本心なのかも。文字にしたらそんな気がしてきた。私の不安は罪への不安？

だらだらと打ち込んだ文章を、私は結局送信しないままで携帯を鞄に戻した。代わりにスタンガンを取り出す。お尻のポケットに突っ込んで、再び歩きはじめた。

篠田の家。たった三度しか訪れたことはなかったけれど、それでも路地の右手に遠くその姿が見え始めたときから、私の胸には懐かしさがこみ上げてきていた。

日は沈みきっていた。辺りには紺色の影が落ちて、並ぶ家々からはオレンジの灯《あか》りが漏れている。篠田の家は、周囲より一段暗く沈んで見えた。

私は道路に立ち止まって、その全体を見渡した。

一般的な二階建ての家。門はなく、道路から幅広の低い階段が四段ほど続き、玄関へ繋がっている。周りを取り囲む生け垣は不揃いに伸びて、勝手口を目隠ししている。

一階部分の灯りはすべて消えていた。見上げると、灯りの漏れる窓がひとつ。その部屋の位置を、私は覚えていた。

いる。あそこにいる。

私は大きく息を吸い込んで、肺の中をひんやりした空気で満たした。水中に潜るときのようにそのまま息を止め、篠田の家の階段を進む。玄関扉に手をかけ、ゆっくりと回す。ドアノブが二センチほど動き、そこで、ガチャンと音を立てて止まった。鍵がかかっている。

今の音が二階まで聞こえただろうか。耳を澄ませてみるけれど、なんの気配も感じられない。私は音を立てないよう慎重にノブを戻し、詰めていた息を吐き出した。

私は、前にここを訪れたときのことを思い返した。四月の放課後。新作のホラーゲームを買ったという篠田につれられてここに来たとき。あのときも、玄関には鍵がかかっていた。

お袋、まだ帰ってないみてえ。篠田はそう言った。あのころ、篠田のお母さんは近くのスーパーの鮮魚コーナーでパートとして働いていた。今は、まだ入院中だろうか。篠田のお母さんは一体なんの病気なのだろう。病気、それとも怪我？

あのとき篠田がたどった道筋を、私も歩く。玄関から左手に回って、庭に出る途中に外水道がある。その蛇口の裏側に、予備の鍵がかけてある。

そこに鍵を見つけて、手に取ったとき、私の中の不安がひときわ大きく跳ねた。

不法侵入。

私はなにをやっているの？

正気じゃない、こんなのおかしい、私ってやばいんじゃない？　と慌てる私と、今更なに言ってんの？　そんなの前からじゃん、いいからとっととやるわよ、と張り切る私。

ああ、これがジレンマってやつかなあ、とどこか他人事《ひとごと》な私と、ああ、お姉ちゃんに嫌われちゃった、と、まだそこから動けずにいる私。

どの自分をメインに据えるべきかわからずに、私は軽い混乱のまま玄関へと引き返す。

まあ、こういうときの方が物事はうまくいったりするものよね、と、ポジティブな自分を採用。そんな自分が好き。

大好きな自分のための復讐なのだ。やるしかない。

私は扉に鍵を差し込み、遠慮なく回す。ガチャ、と、金属の音がやたらと大きく響く。扉を開ける。二階の気配をさぐるまでもなく、すべての音が聞こえたはずだ。ポイントオブノーリターン。

私は土足のまま玄関を上がり、二階へと続く階段を目指した。たとえ土足じゃなかったとしても、私が侵入者だということは、足音からバレてしまっていたと思う。家族の足音なら聞き分けられるもの。私なら聞き分けられる。ママ、パパ、お姉ちゃん、ミーナ。

家族以外の誰かが階段を上り、部屋へと迫ってきていると、気がついている犯人があの中にいるのだ。階段も廊下も薄暗く、突き当たりの部屋から漏れる光がなんだかとても危険なものに思えた。廊下の途中、左手にはもうひとつドアがある。その部屋で、かつて篠田と最新のホラーゲームをして遊んだ。清いおつきあい。平和だったあの頃。今は用はない。

私はポケットからスタンガンをつかみだし、左手に持った。右手を正面のドアノブにかけ、一気に引いた。明かりが溢れ出す。目を細め、私は素早く視線を走らせる。部屋の一番奥。ベッドの上。そこに篠田の弟がいた。

21

篠田弟はベッドの端、壁際に膝立ちになって、武器か防具かわからないけれど、なぜか右手にはゴミ箱を持っていた。手近にそれしかなかったのかもしれない。ナイフは昨日、私が取り上げてしまったから。

「なんなんだよ！」

篠田弟が叫んだ。狩られる側の叫び声。アポなしで現れた私にそんなふうに叫べるなんて、きっと彼はなかなかに状況を理解している。

篠田弟はブルーのジャージをはいて、グレイのよれよれのTシャツを着ていた。ずいぶんくつろいだおうちスタイル。私は目だけを巡らせて、部屋の中を観察する。ごくごく一般的な、男の子の部屋に見えた。ベッドに、勉強机。壁には最新のスパイダーマンのポスターが張ってある。アルミの棚にはプラモデル。床に散らばったマンガ本。

けれど、そこで私は、そんなごく普通の部屋から浮いた、少し異質なスペースを見つける。ベッドの反対の壁際。小さな本棚にローテーブル。その上には、色も形も様々な小瓶に、ビーカーやスポイトが並べられていた。学校の理科室でしか見たことのない実験器具たち。その横に伏せて置いてある分厚い本の黒い表紙には、わかりやすく金色の五芒星《ごぼうせい》が描かれていた。ペンタグラムは、魔術のシンボル。吉野教授の授業で習ったばかりだ。

　ささやかな魔術コーナー。その滑稽さに、私は呆れを通りこし微笑ましさすら感じた。

そんなもののために痛みを味わわされたのが自分じゃなかったら、と思う。そんな仮
定は意味を成さないのだけれど。

「なん、」

　再び叫びかけた篠田弟の声を、バチバチと弾ける音が遮る。私はスタンガンのスイッ
チを切りながら、鞄の中のナイフを意識する。私を刺したナイフで同じところを刺し返
すのが、まず第一手としてベターじゃないか？

「君が私を刺したんだよね？」

　念のため、最後の確認。

「うるせえよ！」

「エリキサのために、血を集めてたんでしょう」

「うるせえ！　出てけ！」

　篠田弟の呼吸が荒くなる。意識し出すと、私まで息苦しくなりそうだ。私は退路を空
けないように注意しながら、彼の魔術コーナーに近づいた。

「ここにあるのって、私たちの血かな」

私は手近にあった瓶の一つを手にとる。茶色の日避《ひよ》け加工の瓶の中には、なにか透明な液体が半分ほど入っていた。エリキサの材料。血の培養でもしているのか。他に、吉野教授はなんと言っていたっけ。水銀？　真水？

「さわるな」

篠田弟が震える声で言った。不安定な音程。ああ、そうだ、この奇妙な高さの声。声変わりの最中だったのか。

私は手にした瓶を篠田弟に投げつけた。

わあ、と、奇妙な声で叫んで、篠田弟は瓶を避ける。もしかして、劇薬だったのかしら。壁に当たって口を開いた瓶は、ベッドの上に透明な染みを広げる。私はまた、別の瓶を手にとる。今度はグリーン。

「君はさあ、処女の子ばっかり狙ってたんでしょ」

私は瓶のふたを開け中を覗く。こちらも透明な液体。

「私のことは篠田に聞いたんだよね。兄弟でそういう話ってするものなんだ。下衆《げす》いよね、男子って。佐久間美月は男嫌いで君の中学で有名だった。あと、なんだっけ、三人目のあの子はブスだから？　ひどいな」

私は液体を床にぶちまける。自分にかからないように注意。床からは、アルコールのような臭いが立ちのぼった。

「やめろ！」

篠田弟が体を起こす。ベッドから右足を下ろしたので、私は再びスタンガンで牽制《けんせい》する。なにか薬品に引火でもしたらどうしよう。大爆発。笑えない。

「篠田も怪しいかな、とも思ったんだけどね。あ、君のお兄さんの方ね。でも、アリバイがあるし。さっき篠田のバイト先にも確認しに行ったんだけど、私が襲われた日もいつも通り店に来てちゃんとポテトを揚げてたよって。それにさ、なんていっても篠田だって高二なわけよね。ありえないでしょ、魔法の話を真に受けるなんて」

篠田はそんなタイプじゃない。

でも、中学生の弟なら。

「エリキサなんて、本気で信じてるの？」

私は、ベッドの上で小さく固まる篠田弟に問いかけた。

「処女の血に魔法の効果があるって？　そんなわけなくない？　血は血だよ。そのへんのおっさんの血と同じ。授業でならったでしょ、血の成分。ただの人の体液で、魔法の石ができると思うの？」

「できるよ！」

篠田弟が叫ぶ。今度は奇妙に低い声。安定しない。

「百人の処女の血を集めれば真水に魔力が宿るんだ。宿った魔力は水銀の中で安定する。

本に書いてあった。材料さえそろえば簡単なんだ。大学の偉い先生だってそう言ってた！」

百人？　あと九十七人の処女が必要。わあ。

「血くらいいいじゃねえか！　殺したわけじゃない！　おまえなんて」

「とにかく、認めるのね。君が犯人。エリキサのために私を刺した。オッケー？」

唇を震わせ黙った篠田弟に、私はオッケーの返事を頂いたとみなす。オッケー。私はたどり着いた。警察より先に。私は鞄を床に下ろし、ジッパーを開ける。

取り出したナイフを翳すと、篠田弟は目を見開いた。

「これって君のナイフだよね」

銀色の刃が、安っぽい部屋の明かりを集める。

「これで私を刺して、昨日も私を殺そうとした。そういうのって、私絶対に許せないんだ」

許したくても許せないのだ。

「姉は私を復讐の申し子と呼ぶわ」

それから、頭がオカシイとも。

私はすてきな魔術セットのローテーブルを、力いっぱい蹴りあげた。

実験器具が宙を舞い、派手な音をたてて落ちる。いくつかガラスの割れる音もした。

ひっくり返ったテーブルをさらに蹴る。パイプ製の脚がベッドに乗り上げる。

「やめろよ！」

声を無視して落ちた本を踏みつける。五芒星の魔術書。これを書いたやつにもなんらかの復讐が必要だろうか。靴の下、紙が捩《よじ》れ破れる感触がした。なんだか私、いじめっこみたい。

篠田弟は床にひざまずき、割れ残った瓶を救出していた。もしかして、泣いちゃうかな。泣いても許さないけれど。

だって、私が刺されて、きっとママは泣いた。佐久間美月のママも泣いてた。ブスのなんとかちゃんのママだって、きっと泣いたに違いない。

ああ、でも、どうでもいいの、他人の涙なんて。こいつが同じ目にあえば、私はすっきりする。すっきり生きている私を、私は愛せる。それが一番大事なことで、それ以外のことなんて考えたくない。

床を這う篠田弟は隙だらけだ。私の手にはナイフ。おなかの底から震えるような感覚が這いあがる。右斜め後ろの、腰。そこを狙わなきゃ。

そのとき、篠田弟が顔を上げた。涙に潤んだ目。いじめられっこの目。二つの目が私を睨む。その目の中に、私は強い憎しみを見た。どうしてこいつが私を憎むのかしら。

「邪魔するなよ！　俺がお母さんの病気を治すんだから！」

お母さん。

ママ？

「ママの、病気？」

入院している篠田のママ。

ああ、そっか。

奇跡の石、エリキサ。

「エリキサがあればお母さんの病気だって治るんだよ！　世界中の病気は本当は全部治せるのに、政府と病院が癒着して隠してるんだ！　そうやって一般人は見殺しにしてる！　治らないなんて嘘なんだよ！　そんなの許せないだろ！　だから自分で作ってるんだ！　なにが悪いんだよ！」

言葉を切った篠田弟は苦しそうにせき込む。未完成の喉に大声がこたえたらしい。

全く、めちゃくちゃを言ってるわ。

エリキサで病気が治る。

そんなわけないじゃない。

私は、その言葉を飲み込んだ。なぜか急に思い出したのだ。この子って、ついこのあいだまで、小学生だったっけ。小学生。私が、ママが私を愛していないかもしれないという、コペルニクス的衝撃を受けたころ。あるいは、受ける前。

「……おまえ等なんてどうでもいいんだ。百人くらいやってやるよ。お母さんが死なないためならなんだってやる。お母さんが帰ってくるなら何だっていいんだ。お母さんのためなら」

「ママのためじゃなくて、自分のためでしょ」

エゴ。私にはわかる。私もエゴの塊だもの。

「勘違いしちゃダメだよ。ママのためじゃなくて、ママが大好きな自分のためでしょ」

「なんだっていいって言ってるだろ！」

篠田弟がまた声を荒らげる。私は困ってしまう。やりづらいな。

かわいげのない子供なんて大嫌いだし、こいつはママのためになんて言いながら通り魔を繰り返す、わがままで頭の悪い危険思考のマザコン。最悪だ。

けれど私はそんな篠田弟に、ばしばしにシンパシーを感じてしまっている。危険思考、マザコン、エゴイスト。たくさんの共通点に仲間意識すら芽生えてしまう。

でも、復讐はしなくては。私は私のエゴのため。許してはいけないのだ。

私は、篠田弟に刺されたとき、最初に彼に言われた言葉を思い出した。

ラ・メールのエリキサのため。あれは結局フラメルのフを聞き落としただけだったっけれど、意味としてはぴったり合っていた。お母さんのエリキサのため。お母さんの病気を治すため。

　あんな言葉、言わなければ、私は篠田弟になんてたどり着けなかったのに。

　馬鹿だな。どうしてあんなこと言ったのだろう。

　あれ、でも。

　あのときこいつは、もっと、なにか言っていなかったっけ。

　不安定な不気味な声で、もう一言、私に言った。


「ラメルノエリキサのためなんです、すみません」

　記憶をなぞって言った私の声に、篠田弟が目を上げる。

「すみませんって言った？　あのとき」

　篠田弟の喉のおうとつが、ゆっくりと動いた。

「悪いと思ってたんだ。悪いと思いながら刺した。ずうずうしいね、最低。ママのためとか言いながらさあ、女の子刺して、ママが知ったらどう思うだろうね」

　篠田弟の右目から、するっと涙が落ちた。ああ、嫌だ。本当に泣かれるとすごく嫌だな。マザコンの涙なんて見たくない。鏡を見ている気分になる。

　篠田弟の喉から、嗚咽《おえつ》交じりの細い音がする。本格的に泣く態勢に入られた。その雑音に交じって、蚊の鳴くような声がなにかを言っている。苛立って、私は言う。

「なあに。ぼそぼそ喋られても聞こえない。ぶつぶつぶつぶつ気持ち悪いな。もっとさあ、はっきり喋んなさいよ」

「……ごめんなさい」

私はため息をついた。胃酸を吐いちゃうんじゃないかな、というくらい深く。

ふと落とした視線の先に本が散らばっていて、そのなかに「ハリー・ポッター」シリーズを見つけてしまい、私はまだまだ吐き足りないため息をつくために息を吸い、ついでに言った。

「いいのよ」

ものごとって、時にあっけない。

22

篠田家の前に見慣れた車が止まっていて、私はとても驚いた。闇の中、向かいの家の玄関灯を逆光に受けて、それでもそのイエローカラーは存在感を失わない。運転席のお姉ちゃんは、玄関から現れた私を見るとすぐにドアを開け、車はアイドリングにしたままで降りてきた。ジーンズに、長袖のTシャツを着ている。なかなか見ないファッションだ。お姉ちゃんは私の前に立って、なにより先に、言った。

「死体は？」

「え？」

「死体。犯人。殺したんでしょ」

　昨日気づいたことだけれど、お姉ちゃんは頭が忙しく動いているときは言葉が片言ぎみになる。面白い。今度からかってみよう。

「殺してないよ。やだあお姉ちゃん、物騒だわ」

「殺して、ない？」

「ねえ、迎えに来てくれたの？　うれしい、すっごく疲れてたんだ」

　私は助手席のドアを開け、勝手に乗り込む。窓からちらりと篠田家の二階を窺う。来たときと変わらず、篠田弟の部屋にだけ灯りが点《つ》いている。今、彼はどうしているだろう。割れた瓶や散らかった本の荒れた部屋で、ひとりぼっちで泣いていた。全部私に台無しにされて、これからどうするつもりかしら。

「りなちゃん」

　お姉ちゃんが、運転席のドアから顔を覗かせる。

「りなちゃん、お姉ちゃんには隠さなくていいのよ。怒らないから本当のこと言って。犯人をどうしたの」

「お姉ちゃん」

「お姉ちゃんに任せて」

「えっと」

なにやら真剣な様子のお姉ちゃんになんと答えるべきか、私は少し考えた。

「とりあえず、車、出してくれない？　篠田が帰ってきたら気まずいし」

「しの……」

お姉ちゃんは眉を寄せ、とてもなにか言いたそうな顔をした。けれど結局無言で座席に滑り込み、静かに車をスタートさせた。危なげない走り。お姉ちゃんはいつでも安全運転だ。

私は最後にもう一度だけ、篠田弟の部屋の窓を振り返った。


「ねえ、なんで篠田の家がわかったの？」

入り組んだ住宅街を抜け、大通りに滑らかに合流したタイミングで、私は聞いた。

「凜ちゃんに聞いたの。凜ちゃんは篠田くんと同じ中学だったっていうクラスの子に聞いてくれて、それでわかった」

「へえ。誰だろう。由香かな」

私は窓の外を流れる街灯の光を眺める。

つい数分前までの激しい緊張と高ぶりが去って、私の心はだいぶ平常に近づいていた。けれど、横にはお姉ちゃんがいる。昨日、同じように車の中で話したことを思い出して、私は、自分の身体が少しだけ強ばっていることに気が付いた。

「りなちゃん。篠田くんに、復讐、しなかったの？」

「え？　ああ……」

お姉ちゃんには篠田の家に犯人がいるとしか言っていない。篠田の弟が犯人だとは知らないのだ。

「そうだ、お姉ちゃん。悪いんだけど、このまま警察署に行ってくれない？　犯人の情報、いろいろチクんなきゃいけなくて。あ、でも久世刑事に電話した方が早いかな。楽だしね、家に来てもらった方が……」

「りなちゃん」

お姉ちゃんの声に、急に熱がこもる。

「どうして？」

目の前の信号が赤に変わる。ぴたりと停車線で止め、お姉ちゃんが私を見ている気配がする。私は口ごもった。

お姉ちゃんの質問の意味はとてもわかる。

どうして、復讐しなかったのか。

どうしよう。謝られたから許しちゃった、なんて言っては復讐の申し子の名折れ。マザコンで意気投合しちゃったの、なんて言うのも恥ずかしい。

「えっと」

行き場なく視線をさまよわせ、私はそこで、ハンドルにかけられたお姉ちゃんの手に冬用の手袋がはめられているのに気がついた。

どうして？

上げた目線がお姉ちゃんと合う。私の疑問が伝わったのか、お姉ちゃんの瞳が横へと滑る。その目線を追って、私は後部座席を振り返った。

そこにあるものが何か、理解するのに数秒かかった。

大きなシャベルに、ブルーシート。

「え。これって」

同じく振り返っていたお姉ちゃんと、再び目が合う。無言で、でも、伝わった。

「うそ」

私は笑い出しそうになる。

「うそ。死体遺棄、しようとしたの？」

お姉ちゃんが前を向く。信号はまだ変わらない。

お姉ちゃんの耳がほんのり赤くなっているのを見て、私は堪《こら》えきれなくなった。口が勝手ににやにやするのが止められない。

「お姉ちゃん、こわーい。人のこと危ないヤツ扱いしといてさあ、自分だってけっこうヤバい女じゃん」

「だって」

お姉ちゃんが口をとがらせる。

「りなちゃんひとりじゃ無理って思ったんだもん。手伝ってあげようと思って」

「私のこと、死ねばいいとか言っといて？」

私は、昨日からずっと言えずに蟠《わだかま》っていた文句をやっと吐き出した。

「死ねばいいなんて言ってない。犯罪者になっちゃうくらいなら、死んでくれた方がマシって言ったの」

「同じことじゃない。傷つく」

「違うよう。犯罪者になられるのが最悪ってことで、りなちゃんが死ぬのだってもちろん嫌よ」

そう言うと、お姉ちゃんは笑った。なんとなく、不敵な笑みで。

「お姉ちゃんはね、自分の幸せが一番大事なの。自分が一番大好きだから。りなちゃんは、二、三番目ってとこかな。結構上位でしょ。だからね、もう、りなちゃんったらお姉ちゃんのお願いなんてぜんぜん聞いてくれないからさあ。こうなったらもう、自分の幸せとりなちゃんの復讐欲を両方満たすために、ちょっと手伝おうかなって」

こわい。お姫様みたいなふりをして、こんなシャベルで地面を掘って死体を埋めるつもりだったなんて。なんて恐ろしい。大好き。

「お姉ちゃん、私のこと嫌いじゃない？」

信号が変わり、アクセルを踏みこんだお姉ちゃんに私は尋ねる。

「もちろん。大好きよ」

私は幸福な気持ちになる。

お姉ちゃんは自分の幸せのために、私を殺すというアイディアだってきっと何回かは思いついたはずで、それならまあ死体遺棄を手伝った方が楽ね、という決断に至ったのだろう。そんな冷血な女にほとんど誘導尋問で大好きと言わせて満足しちゃってる私の適当さってなんだろう。寛容さだろうか。こんな寛容な私がどんな強迫観念であろうと囚われているなんて、まったく笑える冗談だ。

「お姉ちゃん、ママのこと好き？」

私は禁断の質問を口にする。どうして禁断なんだろう。わからないけれど、ずっと聞いてみたくて、聞けなかったこと。

「本当の答えでいいの？」

「え、うん」

「大っ嫌い。なんか癇《かん》に障んのよね、あのババア」

私は笑った。私の本気の笑い方って、パパに似てちょっと気持ちが悪いと自覚しているのだけれど、気にせず笑った。笑いが収束した後で、お姉ちゃんを睨む。

「ちょっと。ママのこと悪くいわないでよ」

「りなちゃんはママが大好きよね」

お姉ちゃんは嘲《あざけ》るように言う。

「うん。そうなの」

こうして閉じられた車の狭いスペースでお姉ちゃんとふたり喋っていると、私たちは結構嫌な姉妹だと思えてくる。こんな嫌な姉妹を娘に持つ完璧なママだってもちろん嫌な女に違いなくて、私たちならきっといつかママを倒せるわ、と、私は更に幸福な気持ちになる。

夜はどんどん深くなり、街灯のきらめきがより強く輝いて見える。帰ったら、久世刑事に電話をしよう。犯人がわかったと言えば、すぐに家に飛んでくるだろうから、証拠としてナイフをプレゼントしてあげよう。今日まで連絡が遅れた理由は、怖かったとか、忙しかったとかなんとか言えばいい。文句を言われたら泣いてやる。まあどうせ、私からの情報なんてなにもなくとも、警察も篠田弟にたどり着くのは時間の問題だったはずだ。迂闊《うかつ》すぎるもの、あの馬鹿なガキ。

少しだけ、篠田のことを考えた。

私に頭を下げて、付き合ってくださいと言ってくれた男の子。

篠田弟は、きっと捕まる。そしたら篠田は犯罪者の兄だ。なるほど、可哀想かも。警察が篠田家のドアを叩いた後のことを想像すると、お姉ちゃんが私の犯罪を嫌がっていた理由がとてもわかる。可哀想。止めよう、篠田のことは考えない。さようなら。

次に、自分のことを考えた。ここ数週間、自分のやってきたこと。結局、私のやってきた復讐への努力は、なんの意味も持たなかったということか。

私は自分の胸の中を探ってみた。

怒りはない。苛立ちも。

ずっと感じていた不安も焦燥感も、どこかへ溶け出してしまったようだ。

私は、ふっと鼻で笑った。あっけない。馬鹿みたい。

もやもやの消えた胸の奥には、きちんと愛が根付いている。それは、私から私への愛。私はまだちゃんと、とってもとっても自分が大好き。それで私は、私の努力がたどり着いた先を、知った。

私をこんな自己愛の塊に育てたのはママ。だから、私は自分からの愛の一割くらいを、ママからの愛だと受け取ることにしている。私はマザコンで、とっても物わかりがいいのだ。

フロントガラスから見上げる夜空は高く、晴れている。部屋からなら星も見えるだろう。私は星を眺めることができる。これは、害されている人間にはできないことだ。

隣には、仲直りしたお姉ちゃん。家に帰れば、ママもいる。美しくて優しくて完璧で、私を愛している感じでふるまってくれるママ。外野にはパパもいる。そして、たとえ私を本当に愛する人がこの世に誰もいなかったとしても、私は私を愛している。

うん。すっきりした。

解　説

池上冬樹

いやあ、面白い！　一年ぶりに読み返したけれど、またもわくわくしてしまった。一年ぶりの再読となると飛ばし読みが多いのだが、『ラメルノエリキサ』はそうはいかない。別に凝った文章ではないのに、一字一句読ませ、節々でニヤリとさせ、次第に気分が高まってくる。一言でいうなら愉《たの》しいのだ。ヒロインのキャラクターは生き生きと個性的で、軽快に読み進ませる推進力があり、読後はまことに爽快。本書は第二十八回小説すばる新人賞受賞作で、選考委員の宮部みゆきが〝私はこの作品と心中します〟とまで選考会で語ったというけれど、それほど読む者を夢中にさせる面白さがある。

では、どんな物語なのか。具体的に何が面白いのか。ストーリーを紹介しよう。

女子高校生の小峰りなは、完璧なママとガーデニング好きの普通のパパと美しい姉に囲まれて何不自由なく暮らしていたが、顔がパパ似であることをはじめ苛立《いらだ》ちはいつもあった。そんな彼女のモットーは「復讐《ふくしゅう》」。大切な自分が害されたときは、きっちり清算しないと気がすまないほどで、姉にいわせれば「復讐の申し子」だ。

そんなりながある日、帰宅途中の夜道で何者かにナイフで切り付けられる。手がかりは、犯人が残した「ラメルノエリキサ」という謎の言葉のみ。復讐に燃えるりなが事件の真相を追っていると、やがて第二の通り魔事件が起こる。

どんな些細《ささい》な不愉快事でも必ず「復讐」でケリをつけるヒロインが魅力的である。復讐というと暗く陰鬱で犯罪色が強くなるけれど、ここにその色はない。そもそも復讐のきっかけは六歳の時。飼い猫のミーナの足が七歳のしおりちゃんに折られ、りなは復讐に出ようとする。それも〝ミーナが悪くない分と、みんなが悲しい分と全部あわせたら、しおちゃんの腕一本じゃ足りないわ〟と考えるのだが、姉は〝両腕を折るくらいにしたら？　とにかく、殺しちゃダメだよ〟と諭す（なんという姉だろう！）。諭された妹は〝うん！〟と元気よく相槌《あいづち》をうって復讐するのだが、いやはや何たる姉妹だろう。

という風に紹介すると、長じて二人は復讐をなす姉妹になり、小説のジャンルとしてはミステリを想像するかもしれないけれど、そうではない。謎の言葉も、犯人も、動機も、本格的なミステリとして捉えるなら弱いだろう。ジャンル・ミステリの新人賞なら最終候補に残るかも微妙であるが、しかし青春小説としては抜群なのである。エンターテインメントの新人賞のなかで最も打率の高い（ベストセラー作家を輩出し、山本賞や直木賞を受賞する名だたる作家になるレベルの高い）小説すばる新人賞の受賞に値するほどに素晴らしいのである。「犯罪を扱いながらもユーモアと清潔感を併せ持つ、貴重な青春小説」（宮部みゆき）であり、「これまでにない個性の出現に昂揚《こうよう》を覚えた」（村山由佳）と女性選考委員たちが熱く推薦するほどだ（引用は「小説すばる」二〇一五年一二月号所収の選評より）。

とくに語りの鮮やかさは飛び抜けているだろう。少女りなが驚くほど次々と毒を吐いていくけれど、それがまた何とも小気味よく颯爽《さっそう》としていて心地よい。先の選評で、〝りなちゃんのファンになりました〟と宮部みゆきが絶賛するのも納得だ。

一口でいうなら、少女なのに、リアリストでタフ。どこまでも辛辣でへらず口をたたき、皮肉な視線でものを見る。たとえるなら、アメリカの私立探偵が日本人の少女に転生したような毅然とした若々しさがある。いわば少女ハードボイルド！（海外のハードボイルド小説を愛するファンなら必ずや愉しめるだろう）もちろんその生き方の姿勢はある種の鎧《よろい》であり、傷つくだけのナイーブさをもつし、犯人と戦おうとして（文字通り）腰砕けになる場面も微笑《ほほえ》ましい。

またヒロインの小峰りなだけでなく、復讐に燃える妹を心配する姉のキャラクターも秀逸で、とりわけ終盤のあのフォローは最高だろう。思わず爆笑してしまうが、でもそれがいいのだ。最後のあの行動は、妹への愛であり（だがもちろん少女ハードボイルドだから姉はストレートに愛を語らない。でもあれは愛でしかなく）、お姉ちゃんなりの自己防衛なのだ。それをあのような形であらわすことに驚くが（どのような形であるかは読めばわかる)、姉にはそれしかない。冒頭に戻って確認すれば、復讐という行為は、いかに相手の人生に迷惑をかけないか、ダメージを少なくするかなのである。この姉妹はもともとそういう関係なのである。ラストの姉の行動に大笑いし、そして妹に負けない不屈な(いや不埒な)精神のあらわれが頼もしく思えてくるのである。

それにしても、ヒロインりなの復讐も、それから姉の行動もそうだが、長年海外のミステリを読んできた者にはとても新鮮である。一言で言うなら、正義という概念からの解放である。復讐を主題にした場合、何が正義なのかという主人公の行動の正当性が問われる。信仰する宗教や守るべき法律や従うべき倫理があるからで、そのために神の不在や神に代わっての自警団的正義(殺人)の是非などが繰り返し小説の中で論じられてきたが(たとえばローレンス・ブロックの私立探偵マット・スカダーものやデニス・ルヘインの探偵パトリック&アンジーものなど一九九〇年代以降のハードボイルドや犯罪小説のほとんどで論じられてきたが)、本書の場合、それはまったくなくて、あくまでも個人の日常レベルなのである。最初から最後まで(語られる言葉を使うなら)〝すっきり〟するための行為なのだ。復讐がさかんに語られながらも、正義のためではなく、あくまでも自分の気分を〝すっきり〟させるのが目的というのは、いままでほとんどの作家は書けなかった。しかし渡辺優は、ヒロインがわがままでエゴイストであることを充分に認めさせながら、しっかりと復讐をさせていくのである。もはや現代においては誰もが納得する正義など存在せず、あるのは個々の感情による裁きしかないといわんばかりに。しかも損傷された気分を上乗せして復讐のレベルを考えるあたりもいい。りなの判断と行為に濁りはなく、それが潔く、どこか太々《ふてぶて》しくて、でも外野から見るととても格好いいと感じさせてしまうのは、作者の大いなる手柄だろう。
　ともかく本書『ラメルノエリキサ』は、さまざまな観点から必読だろう。一人称一視点の語りの巧さ、歯切れのいい軽口、スピーディな展開、ユーモラスなキャラクター、さりげなく鋭い観察など、どれも一級品であるし、復讐というテーマに対する現代的なアプローチもまさに斬新である。まったく生きのいい新人が出てきたものだ。

　渡辺優は『ラメルノエリキサ』のあと、受賞後第一作として短篇集『自由なサメと人間たちの夢』（集英社）を出している。自殺未遂を繰り返す女の〝最後の日〟を描く「ラスト・デイ」や事故で腕を失った男が新型の義手で人生の一発逆転を狙う「ロボット・アーム」ほか二作、前半に並んでいる短篇はアイデア先行の部分があるが、後半の三作となると『ラメルノエリキサ』同様の痛快な毒気の面白さが増す。つまり高校生同士の傷害事件の真相を群像劇風に捉えた「虫の眠り」、サメを飼う女性の不可思議な体験を追う「サメの話」、そして〝吾輩はサメである。名前はサメである〟という人をくった語りで始まる「水槽を出たサメ」の三作である。

「虫の眠り」は高校生を主人公にした本書と比べるといささかシリアスであるけれど、複数の視点を駆使して、視点がかわるたびに隠された部分を明らかにしていく展開はミステリとしても面白い。ただ、渡辺優という作家のとぼけたはじけ具合を示すのは「サメの話」と「水槽を出たサメ」の正続だろう。前者はメンヘラ気味の女性がサメに教えられて（サメは何と人語をあやつるのだ）真人間になっていくくだりが笑えるし、後者になるとサメの視点から人間社会のありようを斜に構えて見つめ、いちだんと皮肉とユーモアがきいてくる。本書にもある軽妙さが、感覚的な社会批評（というほど大袈裟ではない）から生み出されていることがよくわかる。帯に〝新感覚フィクション〟とあるが、まさに新しい感覚にあふれた作家の豊かな将来性をのぞかせる作品集だ。

そんな期待の新人作家渡辺優を簡単に紹介しよう。一九八七年、宮城県仙台市生まれで、現在仙台市在住。大学を卒業後、契約社員として働きながら翻訳家をめざしていたが、〝肝心の英語が苦手で〟挫折し、小さいころから本を読むだけでなく、〝妄想の一環として、自分でも書いてみたら楽しいだろう〟と考えていたことを実践し、男性を主人公にした作品を二作書いたあと、女性を主人公にした『ラメルノエリキサ』で第二十八回小説すばる新人賞を受賞した。以上のことは集英社のＷｅｂ文芸　ＲＥＮＺＡＢＵＲＯの特設サイト（http://renzaburo.jp/watanabe/）を参考にしたもので、肝心の英語が苦手、妄想云々《うんぬん》などは、本書を強く推した選考委員村山由佳氏との対談からの引用である（解説の冒頭で紹介した宮部みゆきが作品と心中する云々の話も対談に出てくる）。村山氏はまた、作者の人柄にふれ、〝著者も主人公のように強烈な方なのかなと想像していた〟が、実際に〝お会いしたら、とても謙虚で大人しい感じの方〟と述べているけれど、これは僕も同感である。

余談になるけれど、僕は仙台市にある宮城学院女子大学の日本文学科で創作表現を教えているのだが（大学に創作コースがあるのは東北でも珍しいだろう）、宮学は渡辺優氏の母校であり、本書が上梓された時に教室にお招きしたのである。年に一回、仙台在住の直木賞作家熊谷達也氏を招いての特別授業を開催しているのだが、その時のゲストとして来ていただいた。いうまでもなく熊谷氏も小説すばる新人賞出身作家で、いわば先輩・後輩の関係となる。そのときの授業風景は大学のホームページに掲載されているのでご覧いただきたいと思うが（熊谷達也・渡辺優で検索するとすぐにヒットする）、毒舌家の小峰りなの生みの親とは思えないほど温厚で、とても柔らかな印象である。

小説の人物と作者の人柄に多少の乖離《かいり》があるのは当たり前のことであるが、それはなかなか難しい。村山氏が述べているけれど、実に多くの作家が〝物語の主人公と距離をとろうと苦労している〟のである。小峰りなというキャラクターに作者が投影されていると考えるのが普通なのだが、〝自分と近いと恥ずかしくて書けない〟ので、小峰りなというキャラクターは距離をおいて書きあげたという。だから好きも嫌いもないのだが、村山氏が小峰りな像を褒め続けたら、〝褒めていただいて、主人公を好きになってきました〟と答えるから可笑《おか》しい。それほど渡辺優は、ヒロイン小峰りなを、自分とは異なるものとして突き放して創造したのだろう。主人公に対してそこまで距離をもって描き、読者を大いに感情移入させてしまうのも、大した才能であろう。ますます今後の活躍を期待したくなる。

（いけがみ・ふゆき　文芸評論家）

第二十八回小説すばる新人賞受賞作

本書は、二〇一六年二月、集英社より刊行されました。

集英社文庫 目録（日本文学）

山本兼一 修羅走る 関ヶ原
山本文緒 あなたには帰る家がある
山本文緒 ぼくのパジャマでおやすみ
山本文緒 おひさまのブランケット
山本文緒 シュガーレス・ラヴ
山本文緒 まぶしくて見えない
山本文緒 落花流水
山本雅也 キッチハイク！ 突撃！ 世界の晩ごはん ～アンドレアは素手でパリージャを焼く編～
山本雅也 キッチハイク！ 突撃！ 世界の晩ごはん ～ソフィーはタジン鍋より圧力鍋が好き編～
山本幸久 笑う招き猫
山本幸久 はなうた日和
山本幸久 男は敵、女はもっと敵
山本幸久 美晴さんランナウェイ
山本幸久 床屋さんへちょっと
山本幸久 GO!GO!アリゲーターズ
唯川恵 さよならをするために

唯川恵 彼女は恋を我慢できない
唯川恵 OL10年やりました
唯川恵 シフォンの風
唯川恵 キスよりもせつなく
唯川恵 ロンリー・コンプレックス
唯川恵 彼の隣りの席
唯川恵 ただそれだけの片想い
唯川恵 孤独で優しい夜
唯川恵 恋人はいつも不在
唯川恵 あなたへの日々
唯川恵 シングル・ブルー
唯川恵 愛しても届かない
唯川恵 イブの憂鬱
唯川恵 めまい
唯川恵 病む月
唯川恵 明日はじめる恋のために

唯川恵 海色の午後
唯川恵 肩ごしの恋人
唯川恵 ベター・ハーフ
唯川恵 今夜 誰のとなりで眠る
唯川恵 愛には少し足りない
唯川恵 彼女の嫌いな彼女
唯川恵 愛に似たもの
唯川恵 瑠璃でもなく、玻璃でもなく
唯川恵 今夜は心だけ抱いて
唯川恵 天に堕ちる
唯川恵 手のひらの砂漠
湯川豊 須賀敦子を読む
行成薫 名も無き世界のエンドロール
行成薫 本日のメニューは。
行成薫 僕らだって扉くらい開けられる
雪舟えま バージンパンケーキ国分寺

集英社文庫 目録（日本文学）

雪舟えま 緑と楯ハイスクール・デイズ
柚月裕子 慈雨
夢枕獏 神々の山嶺《いただき》(上)(下)
夢枕獏 黒塚 KUROZUKA
夢枕獏 ものいふ髑髏《どくろ》
夢枕獏 秘伝「書く」技術
養老静江 ひとりでは生きられない ある女医の95年
横幕智裕 周良貨／能田茂・原作 監査役 野崎修平
横森理香 凍った蜜の月
横森理香 30歳からハッピーに生きるコツ
横山秀夫 第三の時効
吉川トリコ しゃぼん
吉川トリコ 夢見るころはすぎない
吉川永青 闘鬼 斎藤一
吉木伸子 スーパースキンケア術 あなたの肌はまだまだキレイになる
吉沢久子 老いをたのしんで生きる方法
吉沢久子 老いのさわやかひとり暮らし
吉沢久子 花の家事ごよみ 四季を楽しむ暮らし方
吉沢久子 老いの達人幸せ歳時記
吉沢久子 吉沢久子100歳のおいしい台所
吉田修一 初恋温泉
吉田修一 あの空の下で
吉田修一 空の冒険
吉田修一 作家と一日
吉田修一 泣きたくなるような青空
吉田修一 最後に手にしたいもの
吉永小百合 夢の続き
吉村達也 やさしく殺して
吉村達也 別れてください
吉村達也 セカンド・ワイフ
吉村達也 禁じられた遊び
吉村達也 私の遠藤くん
吉村達也 家族会議
吉村達也 可愛いベイビー
吉村達也 危険なふたり
吉村達也 ディープ・ブルー
吉村達也 生きてるうちに、さよならを
吉村達也 鬼の棲む家
吉村達也 怪物が覗く窓
吉村達也 悪魔が囁く教会
吉村達也 卑弥呼の赤い罠
吉村達也 飛鳥の怨霊の首
吉村達也 陰陽師暗殺
吉村達也 十三匹の蟹
吉村達也 それは経費で落とそう
吉村達也 「会社を休みましょう」殺人事件
吉村達也 OL捜査網
吉村達也 悪魔の手紙 ヨコハマOL探偵団

集英社文庫　目録（日本文学）

吉村龍一　旅のおわりは
吉村龍一　真夏のバディ
よしもとばなな　鳥たち
吉行あぐり・吉行和子　あぐり白寿の旅
吉行淳之介　子供の領分
與那覇潤　日本人はなぜ存在するか
米澤穂信　追想五断章
米澤穂信　本と鍵の季節
米原万里　オリガ・モリソヴナの反語法
米山公啓　医者の上にも3年
米山公啓　命の値段が決まる時
リービ英雄　模範郷
隆慶一郎　一夢庵風流記
隆慶一郎　かぶいて候
連城三紀彦　美女
連城三紀彦　隠れ菊(上)(下)

わかぎゑふ　秘密の花園
わかぎゑふ　ばかちらし
わかぎゑふ　大阪の神々
わかぎゑふ　花咲くばか娘
わかぎゑふ　大阪弁の秘密
わかぎゑふ　大阪人の掟
わかぎゑふ　大阪人、地球に迷う
わかぎゑふ　正しい大阪人の作り方
若桑みどり　クアトロ・ラガッツィ(上)(下)　天正少年使節と世界帝国
若竹七海　サンタクロースのせいにしよう
若竹七海　スクランブル
和久峻三　夢の浮橋殺人事件　あんみつ検事の捜査ファイル
和久峻三　女検事の涙は乾く　あんみつ検事の捜査ファイル
和田秀樹　痛快！心理学 入門編　―なぜ僕らの心は壊れてしまうのか
和田秀樹　痛快！心理学 実践編　―どうしたら私たちはハッピーになれるのか
渡辺淳一　白き狩人

渡辺淳一　麗《うるわ》しき白骨
渡辺淳一　遠き落日(上)(下)
渡辺淳一　わたしの女神たち
渡辺淳一　新釈・からだ事典
渡辺淳一　シネマティク恋愛論
渡辺淳一　夜に忍びこむもの
渡辺淳一　これを食べなきゃ
渡辺淳一　新釈・びょうき事典
渡辺淳一　源氏に愛された女たち
渡辺淳一　マイセンチメンタルジャーニィ
渡辺淳一　ラヴレターの研究
渡辺淳一　夫というもの
渡辺淳一　流氷への旅
渡辺淳一　うたかた
渡辺淳一　くれなゐ
渡辺淳一　野わけ

集英社文庫

ラメルノエリキサ

2018年2月25日 第1刷
2022年3月13日 第3刷

定価はカバーに表示してあります。

著 者 渡辺《わたなべ》 優《ゆう》

発行者 徳永 真

発行所 株式会社 集英社
東京都千代田区一ツ橋2-5-10 〒101-8050
電話 【編集部】03-3230-6095
【読者係】03-3230-6080
【販売部】03-3230-6393(書店専用)

印 刷 凸版印刷株式会社

製 本 凸版印刷株式会社

フォーマットデザイン アリヤマデザインストア マークデザイン 居山浩二

ISBN978-4-08-745700-1 C0193